Guy de Maupassant

Le Horla

*Édition présentée
par André Fermigier*

Gallimard

PRÉFACE

Maupassant, le plus réaliste de nos conteurs, fut aussi l'un des écrivains du siècle dernier qui manifesta le plus d'attirance, de curiosité, d'inquiétude à l'égard des lisières de l'irréel. Grand lecteur d'Hoffmann et de Poe, disciple d'un homme qui avait réuni dans le même recueil Un cœur simple *et* La Légende de saint Julien l'Hospitalier, *il a plusieurs fois dit, ou suggéré, le risque d'appauvrissement que connaîtrait une littérature qui se limiterait au credo naturaliste et cesserait de « rôder autour du surnaturel ». C'est ainsi qu'il écrit, dans une chronique intitulée « Le Fantastique » que publia* Le Gaulois *en octobre 1883, 1883 étant l'année des* Contes de la bécasse *et surtout d'*Une vie, *où le terre à terre atteint les profondeurs du rien :*

« Lentement, depuis vingt ans, le surnaturel est sorti de nos âmes. Il s'est évaporé comme s'évapore un parfum quand la bouteille est

*débouchée. En portant l'orifice aux narines et
en aspirant longtemps, longtemps, on retrouve
à peine une vague senteur. C'est fini... Dans
vingt ans, la peur de l'irréel n'existera plus
même dans le peuple des champs. Il semble
que la Création ait pris un autre aspect, une
autre figure, une autre signification qu'autrefois. De là va certainement résulter la fin de la
littérature fantastique. »*

Le surnaturel et la peur

*En fait, le fantastique connaîtra encore de
beaux jours pendant la survie que lui accordait
Maupassant, même si les névrosés « fin de siècle » et les hystériques de la Salpêtrière pren-
nent alors le pas sur les sorcières de jadis,
même s'il s'agit désormais de dérèglement
subi ou provoqué de tous les sens plutôt
que des « croyances naïves et enfantines qui
servaient à expliquer l'inconnu ». L'anormal
remplace le surnaturel mais, et ce n'est plus
seulement de littérature qu'il s'agit, certains
regrettent encore ou refusent que l'on « dé-
peuple l'imagination des hommes » en « levant les voiles de l'inconnu ». Et cela d'autant
plus que les antiques terreurs ranimées par le
romantisme ne sont pas tout à fait mortes, que
la « croyance » n'est plus là pour apaiser l'an-*

goisse et que certains êtres, Maupassant en
tout premier lieu, éprouvent comme une expérience constamment vécue la présence de ces
« passants surnaturels » dont parle le héros
d'une de ses nouvelles, de cet « Invisible », de
cet « inconnu qui est derrière le mur, derrière
la porte, derrière la vie apparente ».

Derrière la vie et au cœur même de la vie,
ainsi dans La Peur[1], où deux voyageurs aperçoivent à travers la fenêtre d'un train, dans
une forêt, dans la nuit, un grand feu autour
duquel se tiennent deux hommes, « deux misérables, en haillons rouges dans la lueur éclatante du foyer, avec leurs faces barbues et,
autour d'eux, comme un décor de drame. Que
faisaient-ils dans cette forêt, ces deux rôdeurs ? Pourquoi ce feu dans cette nuit étouffante ? »

« Il est juste minuit », dit l'un des voyageurs,
et après avoir remarqué, en apprenti décaden-
tiste, que « la nuit est d'un noir bien vulgaire
depuis qu'elle n'a plus d'apparitions », il
ajoute : « Eh bien, moi, monsieur, j'appartiens
à la vieille race, qui aime à croire. J'appartiens à la vieille race naïve accoutumée à ne

---

1. On trouvera le texte de *La Peur* au tome II de l'édition
procurée par Louis Forestier des *Contes et nouvelles*, Bibliothèque de la Pléiade, 1974 et 1979. Nos citations renvoient à cette
édition qui comporte une table alphabétique de tous les titres à
la fin du second tome.

pas comprendre, à ne pas chercher, à ne pas savoir, faite aux mystères environnants et qui se refuse à la simple et nette vérité. » Et qui accepte le surnaturel, même si croire au surnaturel, c'est entrer dans le monde de la peur.

Non pas la peur d'un danger réel qu'un homme courageux peut toujours affronter. Mais la peur du fugitif, du soupçonné, de l'enfoui, de l'entrevu, du louche, de l'inexpliqué. « On n'a vraiment peur que de ce qu'on ne comprend pas », dit encore notre voyageur. « J'ai peur de la peur », dira le héros de Lui ?, *et à lire tous ces récits que Marie-Claire Bancquart a réunis sous le titre de « Contes cruels et fantastiques* [1] *», on a souvent l'impression de n'être pas si loin du Roquentin de* La Nausée.

Ce voyageur de « la vieille race », au décadentisme près, c'est un peu Maupassant lui-même et la peur occupe une telle place dans son œuvre qu'elle semble parfois investir la nature elle-même, en dehors de toute présence et de toute « apparition ». Maupassant adorait la mer, le soleil, la lumière et il a laissé des paysages d'Île-de-France, de la Corse, des rivages de la Méditerranée, des descriptions dont la sensualité lyrique fait paraître presque

---

1. Maupassant, *Le Horla et autres contes cruels et fantastiques*, édition de M.-C. Bancquart, Garnier, 1976.

trop placide l'hédonisme de ses contemporains impressionnistes.

Mais la nature, même à travers ses formes les plus pures, la montagne et l'eau, peut être aussi le monde de la peur sournoise, du danger, parfois même de la panique. Et là non plus, ce n'est pas d'un danger réel qu'il s'agit. « *La mer, écrit Maupassant dans un de ses premiers récits,* Sur l'eau [1], *est souvent dure et méchante, c'est vrai, mais elle crie, elle hurle, elle est loyale, la grande mer ; tandis que la rivière est silencieuse et perfide... Écoutez un pêcheur prononcer ce mot. Pour lui, c'est la chose mystérieuse, profonde, inconnue, le pays des mirages et des fantasmagories, où l'on voit, la nuit, des choses qui ne sont pas, où l'on entend des bruits que l'on ne connaît point, où l'on tremble sans savoir pourquoi, comme en traversant un cimetière : et c'est en effet le plus sinistre des cimetières, celui où l'on n'a point de tombeau.* »

Tel que Maupassant l'a évoqué dans une des nouvelles, Amour, *du recueil que nous présentons, le marais est un autre cimetière, plus sinistre encore,* « *bruissant, houleux* », *opaque, visqueux, grouillant et gonflé de choses mortes ou inconnues.* « *Rien n'est plus troublant, plus*

---

1. La première publication de *Sur l'eau* (sous le titre *En canot*) remonte à 1876.

inquiétant, plus effrayant parfois qu'un maré-
cage. [...] Sont-ce les vagues rumeurs des
roseaux [...] ou bien les brumes bizarres qui
traînent sur les joncs comme des robes de mor-
tes, ou bien encore l'imperceptible clapote-
ment, si léger, si doux [...] qui fait ressembler
les marais à des pays de rêve, à des pays
redoutables, cachant un secret inconnaissable
et dangereux. » Même dans une nouvelle rela-
tivement optimiste comme Mouche, *la belle et*
calme Seine, la Seine des canotiers de Renoir,
apparaît comme une « puante rivière pleine de
mirage et d'immondices », comme une « eau
croupie qui charri[e] vers la mer toutes les
ordures de Paris » avec, encore une fois,
l'image des « brumes matinales, errantes
vapeurs, blanches comme des mortes avant
l'aurore ».

À la putréfaction du marais, à la perfidie de
la rivière paraît s'opposer le gel étincelant de la
haute montagne qui est le décor de L'Auberge,
une autre nouvelle du recueil du Horla. *Mais là*
aussi rôde le surnaturel et la peur y devient l'ab-
sence, le silence, le vide, le rien, la plainte d'un
chien égaré, le cri, l'appel de son compagnon
disparu que croit entendre Ulrich, le jeune et
vaillant guide, qui passe l'hiver dans un refuge
des Alpes du Valais. Éperdu de terreur, il se
barricade dans l'auberge et lorsque, les che-
mins à nouveau praticables, les villageois vien-

nent reprendre possession des lieux, la porte de la maison « encore capitonnée de neige » enfoncée, ils aperçoivent, « derrière le buffet écroulé, un homme debout, avec une barbe qui lui tombait sur la poitrine, des yeux brillants et des lambeaux d'étoffe sur le corps ».

C'est Ulrich, dont les cheveux sont devenus blancs. « Il les laissa venir, il se laissa toucher ; mais il ne répondit point aux questions qu'on lui posa, et il fallut le conduire à Loëche où les médecins constatèrent qu'il était fou. »

La folie est un ailleurs

Inséparable compagne, mère et fille de la peur, la folie occupe une place considérable dans l'œuvre de Maupassant, comme en témoignent les titres de certaines de ses nouvelles (Fou ?, Un fou ?, Lettre d'un fou, Un fou) *et les divers cas d'aliénation ou de délire qu'exposent, entre autres récits,* Auprès d'un mort, Lui ?, Apparition, La Main, La Chevelure, La Petite Roque, Madame Hermet, Moiron, Qui sait ? *et, bien sûr,* Le Horla. *Tout y passe, depuis le magnétisme jusqu'à la nécrophilie, depuis l'hallucination par la drogue jusqu'au meurtre sadique et gratuit, celui du magistrat d'*Un fou *qui tue d'abord un oiseau, puis un enfant, puis un pêcheur rencontré par hasard*

*et qui se donne le plaisir suprême de faire con-
damner et de conduire à la guillotine l'innocent accusé de ce dernier crime. « Comme
c'est beau de voir trancher la tête d'un homme ! Le sang a jailli comme un flot, comme un
flot ! Oh ! si j'avais pu, j'aurais voulu me bai-
gner dedans. Quelle ivresse de me coucher là-
dessus, de recevoir cela dans mes cheveux et
sur mon visage, et de me relever tout rouge,
tout rouge ! »*

Quels que soient les rapprochements que l'on
a pu faire des « Contes cruels et fantastiques »
avec Huysmans, Jean Lorrain, Catulle Mendès,
tant d'autres, il serait difficile de trouver violence aussi morbide, égal délire de perversité
chez les contemporains de Maupassant, même si
la folie est à la mode dans les deux dernières
décennies du siècle, qui furent l'époque des
grands aliénistes, de Charcot en particulier
dont les Leçons sur les maladies du système nerveux parurent en 1885, un an avant la première
version du Horla. Maupassant a vraisemblable-
ment lu l'ouvrage et nous savons qu'il fut un
auditeur assidu, de 1884 à 1886, des cours que
Charcot donnait à la Salpêtrière.

Un auditeur assidu mais imparfaitement
convaincu et même assez ironique, si l'on en
juge par ces lignes parues dans une chronique
de Gil Blas, « Une femme », le 16 août 1882 :
« Nous sommes tous des hystériques, depuis

que le docteur Charcot, ce grand prêtre de l'hystérie, cet éleveur d'hystériques en chambre, entretient à grands frais dans son établissement moderne de la Salpêtrière un peuple de femmes nerveuses auxquelles il inocule la folie, et dont il fait, en peu de temps, des démoniaques. » La remarque est d'autant plus désobligeante que, si dans ses cours en effet à grand spectacle Charcot produisait des hystériques, ce n'était pas pour leur « inoculer la folie » mais pour les traiter par l'hypnose, procédé thérapeutique analogue en son principe à ceux dont usaient les sorciers et les prêtres de jadis pour délivrer les « possédés ».

Quoi qu'il en soit, si concerné qu'il ait pu être par les troubles mentaux sur le plan personnel et familial (son frère Hervé est interné l'année de la publication du Horla), Maupassant a toujours manifesté une grande réserve à l'égard des aliénistes, à tel point qu'on a pu voir en lui un lointain ancêtre de l'antipsychiatrie[1]. Cette réserve, on peut l'attribuer au scepticisme, à la crainte d'avoir à affronter sa propre angoisse ou de tomber entre les mains ô combien redoutables ! de spécialistes hier comme aujourd'hui souvent assez peu rassurants. Mais elle recouvre un sentiment plus profond, plus étrange : Maupassant aimait la

---

1. Ainsi Marie-Claire Bancquart, édition citée, p. XXII.

folie. Non par snobisme, comme ce fut le cas entre les deux guerres, en particulier chez les surréalistes. Il aimait la folie comme Baudelaire aimait son Icarie et sa mer des Ténèbres, comme on peut aimer l'autre sommeil, le poison délicieux qui vous tue, l'être qui vous perd, le rivage où « Nos Pylades là-bas tendent leurs bras vers nous ». « J'aime la nuit avec passion », dit le héros d'une nouvelle (La Nuit) *qui décrit avec une force singulière l'attrait que le néant peut exercer sur certains êtres en prenant appui sur ce qu'ils croient chérir le plus : « Ce qu'on aime avec violence finit toujours par vous tuer. »* Et Maupassant a fait précéder l'histoire de **Madame Hermet** *d'un éloge de la folie qui, malgré quelques naïvetés d'expression, paraît être au cœur de sa sensibilité, comme elle renvoie à toute l'atmosphère d'une époque excédée d'intelligence réductrice et de morne vérité :*

« Les fous m'attirent [...]. Pour eux l'impossible n'existe plus, l'invraisemblable disparaît, le féerique devient constant et le surnaturel familier. Cette vieille barrière, la logique, cette vieille muraille, la raison, cette vieille rampe des idées, le bon sens, se brisent, s'abattent, s'écroulent devant leur imagination lâchée en liberté, échappée dans le pays illimité de la fantaisie, et qui va par bonds fabuleux sans que rien l'arrête. Pour eux tout arrive et tout

peut arriver [...]. Eux seuls peuvent être heureux sur la terre car, pour eux, la Réalité n'existe plus. J'aime à me pencher sur leur esprit vagabond, comme on se penche sur un gouffre où bouillonne tout au fond un torrent inconnu, qui vient on ne sait d'où et va on ne sait où. »

On regarde le torrent mais on ne cherche pas à savoir d'où il vient et où il va. La folie n'est pas pour Maupassant une maladie que l'on peut essayer de comprendre et de soigner. Elle n'est pas une diminution de l'être, mais un autre état, une alternative qui ouvre une porte vers un ailleurs, un en-soi rebelle à toute analyse. Mme Gervaisais, dans le roman des Goncourt, devient folle du fait de la religion, d'un confesseur tortionnaire, de l'atmosphère empoisonnée du baroque romain. Pour Zola, la folie est liée au sang corrompu des Rougon-Macquart et s'accomplit dans la crise de delirium tremens provoquée par l'imprégnation et l'hérédité alcooliques. Rien de tel chez Maupassant et la brièveté du conte (toute l'histoire du Horla tient en quatre mois) lui permet de ne pas s'étendre sur les premiers symptômes, les progrès du mal, de le décrire seulement dans sa phase ultime, dans l'explosion meurtrière qui conclut une évolution insoupçonnée. D'où le recours assez fréquent au procédé de la

*lettre posthume et de la confession « in arti-
culo mortis ».*

    *Une évolution insoupçonnée. Hérédité,
syphilis, alcool, traumatisme ou accident cérébral, la folie chez Maupassant n'a pas d'anté-
cédents, c'est ce qui la rend particulièrement
inquiétante et l'on pense au mot de Gide disant
que la plus grande ruse du Diable est de nous
persuader qu'il n'existe pas. Les fous que nous
présentent les contes sont d'assez bonnes gens,
d'apparence en général si normale, si respec-
table qu'ils n'ont aucune peine à tromper leur
monde et à se tromper eux-mêmes. Moiron,
l'instituteur qui tue ses élèves en leur offrant
des bonbons remplis de verre pilé, est un
« homme intelligent, réfléchi, très religieux, un
peu taciturne » qui « jouissait dans le pays
d'une excellente réputation ». Le procureur
assassin d'Un fou est « un magistrat intègre
dont la vie irréprochable était citée dans toutes
les cours de France » et qui meurt « à l'âge de
quatre-vingt-deux ans, entouré d'hommages et
poursuivi par les regrets de tout un peuple ».
Si les fous de Maupassant ont rarement la bave
aux lèvres, tous ne sont pas d'aussi bonne
composition mais on a bien l'impression que la
folie est pour lui l'esprit souterrain, l'autre
que chacun porte en soi et que « derrière le
mur, derrière la porte », il y a toujours un « secret inconnaissable et dangereux », un oiseau*

noir qui, tel le corbeau de Poe, peut venir soudain se percher sur le buste de Pallas. Et c'est l'histoire du Horla.

Le Horla, le conte et la nouvelle

L'histoire commence assez bien, surtout dans la seconde version, celle du recueil. « *Quelle journée admirable ! J'ai passé toute la matinée étendu sur l'herbe* », écrit au début du conte la future victime du plus maléfique des passants surnaturels qu'ait évoqués Maupassant. « *J'aime ce pays, et j'aime y vivre parce que j'y ai mes racines, ces profondes et délicates racines, qui attachent un homme à la terre où sont nés et morts ses aïeux [...]. J'aime ma maison où j'ai grandi.* » Une maison d'où l'on aperçoit « *à gauche, là-bas, Rouen, la vaste ville aux toits bleus sous le peuple pointu des clochers gothiques* », avec, le long du jardin, « *la grande et vaste Seine, qui va de Rouen au Havre, couverte de bateaux qui passent* ».

Ce jour-là, c'est le 8 mai, « *après deux goélettes anglaises, dont le pavillon rouge ondoyait sur le ciel, venait un superbe trois-mâts brésilien, tout blanc, admirablement propre et luisant. Je le saluai, je ne sais pourquoi, tant ce navire me fit plaisir à voir* ». Le malheureux ne sait ni ce qu'il fait ni ce qui l'attend, puisque le grand vaisseau blanc transporte un passager autrement redoutable que les pestiférés de jadis : le Horla qui en quelques semaines va faire de lui, malgré ses « profondes et délicates racines », un incendiaire et un fou.

Ce Horla, qui est-ce ? Le passant surnaturel de Maupassant lui-même ? Son double ? Son vampire, comme disait Baudelaire, ou son surmoi, comme l'on nous dit que nous en avons tous un, plus ou moins maléfique, homicide et castrateur, mais toujours présent ? Nous verrons. Le nom, d'abord. Parmi toutes les explications plus ingénieuses que convaincantes qui ont été proposées, retenons la plus simple : le Horla, c'est celui qui est hors-là, hors de notre monde et de ses lois, l'inconnu, la présence à la fois irréfutable et insaisissable qui révèle un ailleurs impossible à définir. Un ailleurs qui n'est pas celui des « sorcières de jadis », des spectres, des revenants, de tout ce qu'a inventé la peur ou le remords des vivants, de tout ce qu'a rassemblé l'immémorial folklore du négatif. Mais un ailleurs qui est au-dessus et au-devant de nous. Bref, le Horla est une sorte d'extra-terrestre et le récit relève de ce que nous appelons aujourd'hui la sciencefiction.

C'est surtout vrai de la première version,

celle qui a la forme d'un conte[1]*, la seconde
étant écrite comme une nouvelle. Le narrateur,
« le plus célèbre et le plus illustre des aliénistes », y expose, sans prendre parti, le cas d'un
malade assiégé par un être invisible qui boit
le lait et l'eau préparés pour la nuit dans sa
chambre, cueille devant lui une rose, feuillette
un livre, etc. En dehors de certains détails, que
Maupassant reprendra dans la seconde version et qui donnent l'impression d'une expérience vécue, tout cela n'est pas particulièrement neuf. Depuis l'*Histoire* véritable *que
Lucien composa au second siècle de notre ère
jusqu'à l'*Histoire comique des États et Empires de la lune *de Cyrano de Bergerac, depuis
les utopies de la Renaissance jusqu'à *La
Guerre des Mondes *de H. G. Wells et à
la fameuse émission radiophonique d'Orson
Welles qui provoqua la panique aux États-Unis
à la fin des années trente, les textes sont
innombrables pour nous dire que la vie n'est
pas le privilège de la terre et qu'il existe sur
d'autres planètes des êtres animés auxquels
peut prendre un jour la fantaisie de venir nous
rendre visite et de s'emparer de nos royaumes.
À l'époque même, s'il est peu probable que
Maupassant ait eu connaissance de l'*Étude *sur
les moyens de communication avec les planè-*

---

1. On trouvera cette première version dans notre Dossier.

tes *de Charles Cros* [1], *il a sans doute lu les
ouvrages de vulgarisation astronomique de
Camille Flammarion, en particulier* La Plura-
lité des mondes habités, *et lui-même écrira,
peu après* Le Horla, *un conte,* L'Homme de
Mars, *dont les vertus d'anticipation ne le
cèdent en rien à celles que manifestent les
Martiens de nos bandes dessinées.*

   C'est bien ce qu'est le premier Horla :
*l'ébauche d'un roman d'anticipation autant
que la description d'un cas de névrose halluci-
natoire. Dans les dernières pages du conte, le
« fou » annonce la fin du règne de l'homme et
s'écrie : « Donc, Messieurs, un Être, un Être
nouveau, qui sans doute se multipliera bientôt
comme nous nous sommes multipliés, vient
d'apparaître sur la terre [...]. Qui est-ce ?
Messieurs, c'est celui que la terre attend, après
l'homme ! Celui qui vient nous détrôner, nous
asservir, nous dompter et se nourrir de nous
peut-être, comme nous nous nourrissons des
bœufs et des sangliers. Depuis des siècles, on
le pressent, on le redoute et on l'annonce ! La
peur de l'Invisible a toujours hanté nos pères.*

---

1. Le rapprochement est suggéré par Louis Forestier dans la
notice du *Horla* (Pléiade, II, p. 1621). On trouvera le texte de
Cros dans l'édition des *Œuvres complètes* de Charles Cros et
Tristan Corbière, Bibliothèque de la Pléiade, 1970, p. 510-525.
On peut également penser au délicieux « Sonnet astronomi-
que » du même Cros (*ibidem*, p. 124).

Il est venu. » *Et à qui lui objecterait que l'on
ne peut accorder crédit à ce que l'on ne voit
pas, le fou répond par avance (l'idée est fréquente chez Maupassant) que, l'œil étant un
organe si imparfait « qu'il peut distinguer à
peine ce qui est indispensable à son existence », il n'y a rien d'étonnant « à ce qu'il ne
voie pas un corps nouveau à qui manque sans
doute la seule propriété d'arrêter les rayons
lumineux ». « Apercevez-vous l'électricité ? Et
cependant elle existe ! »*

    *L'argument est surtout à l'usage des femmes
du monde que Maupassant fréquentait un peu
trop assidûment et dans la seconde version du*
Horla, *il s'est moins attaché aux effets assez
faciles de l'anticipation qu'il n'a cherché à
observer de façon presque clinique le désastre
de la folie chez un être au point de départ parfaitement sain, placide et équilibré*[1]. *Écrit à la
première personne sous la forme d'un journal
soigneusement daté, le récit y gagne en inten-
sité, en progression dramatique, en vraisem-
blance aussi : la contagion qui se manifeste*

---

1. La folie passant en général pour une spécialité russe, il est
tentant de rapprocher les fous de Maupassant de leurs congénè-
res slaves, tels qu'ils apparaissent chez Gogol et chez Dostoïevski, ainsi dans *Crime et châtiment* ou dans le merveilleux *Double*. D'autant que, comme le remarque Louis Forestier, certains
de ces textes étaient déjà traduits à l'époque du *Horla* et que
Maupassant avait pu en entendre parler par Tourgueniev. Mais
rien ne prouve qu'il les ait lus.

*dans l'entourage de la victime est rapportée
par celle-ci, que nous ne sommes pas obligés
de croire, alors que dans la première version
elle était constatée par un médecin, donc en
quelque sorte authentifiée, privée ainsi de ce
minimum d'équivoque sans lequel il est bien
difficile, surtout pour un lecteur français,
d'adhérer pleinement au fantastique.*

*La plupart des épisodes du conte ne s'en
retrouvent pas moins dans la nouvelle : le
régime lacté du Horla, le miroir dans lequel on
n'aperçoit plus sa propre image (ce thème
apparaît déjà dans la* Lettre d'un fou *de 1885),
la rose que cueille sur sa tige une main invisible, le livre dont la même main tourne les
pages, l'aimable « Nuit de mai » devenue
d'une version à l'autre le sans doute moins
attrayant « grand traité du docteur Hermann
Herestauss sur les habitants inconnus du
monde antique et moderne ». Bien qu'il soit
plus court, le conte introduit une accalmie de
quelques semaines dans la névrose (ou la psychose) que la nouvelle nous montre poursui-
vant implacablement son chemin malgré les
efforts du héros pour échapper à la maison
maudite et à son abominable visiteur. Il se promène dans les bois, va à Rouen, à Bougival, un
des hauts lieux du naturalisme où le Horla ne
doit pas se sentir tellement à l'aise. « J'ai été
dîner à Bougival, puis j'ai passé la soirée au*

bal des canotiers [...]. Croire au surnaturel dans l'île de la Grenouillère serait le comble de la folie... mais au sommet du mont Saint-Michel ?... mais dans les Indes ? » Si le temps manque au malheureux narrateur pour aller à la découverte des Indes, il fait *« une excursion charmante »* au Mont-Saint-Michel d'où il dit revenir *« guéri »* (l'endroit est en effet très salubre en dehors de la saison touristique), bien qu'il y ait rencontré un vieux moine qui lui conte *« des histoires, toutes les vieilles histoires de ce lieu, des légendes, toujours des légendes ». « Y croyez-vous ? »* lui demande-t-il. Et le moine murmure : *« Je ne sais pas. »*

Deux épisodes nouveaux : celui de l'incendie final de la maison, d'autant plus impressionnant que, si le fou croit y avoir enfermé le Horla, il y a surtout oublié ses domestiques. Et le séjour à Paris qui permet à Maupassant d'évoquer un sujet qui lui était particulièrement cher : le magnétisme et l'hypnose. L'hypnose que Charcot avait si bien mise au goût du jour qu'une note de l'édition Conard des Œuvres complètes *précise que « dans le cours des années 85, 86, 87, parurent plus de soixante ouvrages sur la névrose, l'obsession, l'hypnotisme et la suggestion* [1] *».*

---

1. Le magnétisme figure déjà dans le *Dictionnaire des idées reçues* et, pour l'hypnotisme et la suggestion, on peut se reporter au désopilant chapitre VIII de *Bouvard et Pécuchet.*

Folie écrite ou folie vécue ?

Le Horla *n'est pas pour autant (ou pas seule-*
ment) un livre à la mode et Maupassant donne
l'impression de s'y être si profondément engagé
qu'on ne peut pas ne pas se demander si ce n'est
pas sa propre histoire, sa propre angoisse qu'il a
voulu raconter ou exorciser. Mais comment
répondre à cette question ? Les témoignages sont
tellement contradictoires. La folie est une des
constantes de l'imagination littéraire de Maupas-
sant, nous l'avons dit, et nous connaissons de
façon assez précise les symptômes et les progrès
du mal, conséquence, paraît-il, d'une syphilis mal
soignée (y avait-il, à l'époque, des syphilis « bien
soignées » ?), qui devait le conduire à l'interne-
ment et à la mort au terme d'une complète
déchéance physique et intellectuelle. Lui-même a
souvent parlé de son vampire, de son double. Mais
dans les Souvenirs *de son domestique, François*
Tassart, on peut lire ceci : « J'ai envoyé aujour-
d'hui à Paris le manuscrit du Horla *; avant huit*
jours, vous verrez que tous les journaux publieront
que je suis fou. À leur aise, ma foi, car je suis sain
d'esprit, et je savais très bien, en écrivant cette
nouvelle, ce que je faisais. C'est une œuvre d'ima-
gination qui frappera le lecteur et lui fera passer
plus d'un frisson dans le dos, car c'est étrange. »

Maupassant savait en effet très bien ce qu'il faisait en écrivant Le Horla dont la maîtrise de composition et d'écriture (même au sens le plus littéral, celui du manuscrit) dit un homme parfaitement lucide et maître de ses moyens. Les fous ont en général fort peu de talent et si l'on tenait absolument à faire intervenir la folie dans cette histoire, on pourrait dire qu'au moment où Maupassant écrit Le Horla, il a peut-être déjà « senti passer » sur lui « le vent de l'aile de l'imbécillité », mais que Le Horla est l'œuvre d'un homme qui oublie sa folie pour inventer le personnage d'un fou ou invente le personnage d'un fou pour oublier et conjurer sa crainte de la folie, ce qui fut le cas de Dostoïevski mais non de Gogol que la littérature n'empêcha pas de piquer du nez au fond de la mer des Ténèbres. Et, pour en finir avec le problème du rapport entre la folie vécue et la folie écrite, imaginée, on peut remarquer que la peur de l'inconnu, de l'autre, de l'ennemi invisible apparaît en 1876 avec Sur l'eau et que la plupart des récits fantastiques ont été écrits entre 1883 et 1887, c'est-à-dire bien avant la tentative de suicide et l'internement dans la clinique du docteur Blanche. Quant au dernier des contes de la folie, Qui sait ?, composé en 1890 à un moment où les choses commençaient à aller vraiment mal, il n'est guère

qu'un pastiche romantique d'assez laborieuse
venue.

De toute manière, la folie n'est pas une maladie simple comme la méningite ou la tuberculose.
On peut la constater, non l'analyser. Il y a autant
de formes de folie qu'il y a de fous et lorsqu'on a
parlé d'autoscopie et d'hallucination, on n'a rien
dit du cas décrit dans Le Horla : l'étiologie d'une
psychose qui n'a pas fait l'objet d'une observa-
tion directe est aussi difficile à établir et de résultats aussi vains que la psychanalyse d'un artiste
mort, quels que soient les témoignages que celui-
ci ait laissés de ses phobies et des fantasmes. Il
faut dire encore qu'à l'époque du Horla, la santé
de Maupassant connaissait déjà de sérieux désor-
dres (migraines persistantes, troubles oculaires
pouvant aller jusqu'à la cécité momentanée),
mais qu'il n'a communiqué aucun d'entre eux à
son personnage. Le médecin consulté ne lui
trouve que « le pouls rapide, l'œil dilaté, les nerfs
vibrants (?) ». Le traitement ? Douches et bromure de potassium. La médecine dans les contes
de la folie brille par une glorieuse absence ou par
une plus glorieuse encore inefficacité.

Le naturalisme du *Vagabond*

Le recueil du Horla comprend douze autres
récits qui relèvent des genres les plus divers et

n'ont d'autre rapport entre eux que d'avoir été écrits, à l'exception de Joseph, *entre le printemps de 1886 et les premiers mois de 1887. Maupassant procédait toujours ainsi, lorsqu'il disposait d'un nombre de textes inédits en librairie suffisant pour former un volume de dimensions convenables et de vente aisée, le recueil étant en général placé sous le patronage d'une nouvelle plus longue et qu'il devait considérer comme majeure :* La Maison Tellier, Mademoiselle Fifi, Miss Harriet, La Petite Roque, Monsieur Parent, *etc.*

On a cependant l'impression qu'il a cherché à montrer dans Le Horla *tous les aspects de son talent, toutes les ressources de son répertoire, qu'il a voulu varier le ton, faire alterner le rose et le noir pour ne pas rebuter par une vision trop pessimiste un public qui attendait surtout de lui d'être distrait. Les nouvelles noires du début et de la fin du recueil* (L'Auberge, Le Vagabond) *sont équilibrées par la grosse farce paysanne du* Diable, *par le rose un peu Régence, un peu leste et mondain du* Signe *et de* Joseph. *Deux épisodes de la saga héroïcomique des bourgeois de Paris* (Le Trou, Au bois) *atténuent l'anticléricalisme rageur du* Marquis de Fumerol, *le comique grinçant, quasi goyesque des* Rois. *Le sentiment ne perd pas ses droits avec* Amour *et l'adorable* Clo-

chette. *Et le naturalisme retrouve tous les siens
avec* Une famille *et* Le Vagabond.

*Le naturalisme du mépris, de la dérision, qui
nous montre une famille provinciale enfouie
dans sa graisse, anéantie dans le quotidien, et
dont la seule distraction, en dehors de la
« ponte » des enfants, est de martyriser un
grand-père gâteux. Et le naturalisme de la
colère, où l'on voit bien que Maupassant, qui
n'avait guère de convictions politiques, ne
passe pas pour avoir été la bonté même et con-
sidérait sans nul doute l'ensemble de l'humanité comme rigoureusement infréquentable,
n'était pas pour autant insensible au scandale
de la misère sociale, celle du monde rural surtout, car, comme Balzac et Flaubert, il semble
n'avoir rien su des ouvriers, à peu près rien du
peuple des villes.*

*Son vagabond, Jacques Randel, « compa-
gnon charpentier, âgé de vingt-sept ans, bon
sujet, vaillant », est, de sa Normandie natale
où il n'y a pas de travail, venu à pied dans le
Centre où il n'y en a pas davantage. Il en
demande à ceux qu'il voit passer sur les chemins. « Vous n'auriez pas du travail pour un
ouvrier qui meurt de faim ? » « Je n'ai point
de travail pour les gens que je rencontre sur
les routes », lui répond un « gros paysan ». Et
un « demi-monsieur » : « La mendicité est
interdite sur le territoire de la commune.*

Sachez que je suis le maire, si vous ne filez pas bien vite, je vais vous faire ramasser. »

On le ramasse. Interrogatoire des gendarmes. Comme ses papiers sont en règle, on le relâche. Il a faim, il a froid, il se précipite dans une maison d'où sort une odeur de pot-au-feu, dévore le fricot, boit une bouteille d'eau-de-vie, culbute une fille qui d'ailleurs se laisse faire, « sans trop de peine, pas très fâchée, car il était fort, le gars, mais par trop brutal vraiment ».

Les gendarmes reviennent. « Ils partirent. Le soir venait, étendant sur la terre un crépuscule d'automne, lourd et sinistre. Au bout d'une demi-heure, ils atteignirent le village. Toutes les portes étaient ouvertes, car on savait les événements. Paysans et paysannes soulevés de colère, comme si chacun eût été volé, comme si chacune eût été violée, voulaient voir rentrer le misérable pour lui jeter des injures. »

On l'amène devant le maire qui, « content comme il l'était rarement », s'écrie en se frottant les mains : « Ah ! gredin, ah ! sale gredin, tu tiens tes vingt ans, mon gaillard ! » En somme : Jean Valjean sous la IIIe République, et Maupassant a su donner à son personnage une sorte de grandeur fruste et naïve qui rappelle les plus belles réussites de Millet.

Le Horla, Le Vagabond, *deux aliénations,*

*deux errances, deux naufrages. L'aliénation, le
naufrage intellectuel du riche. Et, en écho
final, l'errance, le naufrage social du pauvre.
Maupassant composait peut-être ses recueils
avec plus de soin qu'on ne l'a dit, et qu'il ait
pu écrire à peu près en même temps* Le Horla
et Le Vagabond *montre bien qu'il n'y a pas
deux Maupassant, comme le voulait Alberto
Savinio, le « Maupassant n° 1 », celui de* Bel-
Ami *et des contes normands, et le « Maupassant n° 2 », qui est progressivement absorbé,
dévoré par « l'Autre » et « raconte les très
hautes, les singulières aventures que de l'intérieur dicte le locataire noir, l'hôte inspiré et
terrible du pauvre Guy*[1] *». Le locataire noir
était là depuis toujours et s'il a tué l'homme,
après lui avoir fait vivre les rapports de fasci-
nation et de peur que nous avons essayé de
décrire, il a aidé l'écrivain à dépasser l'horizon du boulevard et du pays cauchois pour
entreprendre, à sa manière un peu courte et
avec des moyens intacts, son voyage au bout
de la nuit.*

ANDRÉ FERMIGIER.

---

1. Alberto Savinio, *Maupassant et « l'Autre »*, trad. française, Gallimard, 1977, p. 68.

Le Horla

LE HORLA

8 mai. — Quelle journée admirable ! J'ai passé toute la matinée étendu sur l'herbe, devant ma maison, sous l'énorme platane qui la couvre, l'abrite et l'ombrage tout entière. J'aime ce pays, et j'aime y vivre parce que j'y ai mes racines, ces profondes et délicates racines, qui attachent un homme à la terre où sont nés et morts ses aïeux, qui l'attachent à ce qu'on pense et à ce qu'on mange, aux usages comme aux nourritures, aux locutions locales, aux intonations des paysans, aux odeurs du sol, des villages et de l'air lui-même.

J'aime ma maison où j'ai grandi. De mes fenêtres, je vois la Seine qui coule, le long de mon jardin, derrière la route, presque chez moi, la grande et large Seine, qui va de Rouen au Havre, couverte de bateaux qui passent [1].

1. Cette description reproduit exactement la topographie de la propriété de Flaubert à Croisset que dominait la forêt de Roumare dont il sera question plus loin. Maupassant l'a également évoquée dans plusieurs chroniques (ainsi « Flaubert et sa maison », *Gil Blas*, 24 novembre 1890), et c'est là un des aspects

À gauche, là-bas, Rouen, la vaste ville aux
toits bleus, sous le peuple pointu des clochers
gothiques. Ils sont innombrables, frêles ou
larges, dominés par la flèche de fonte de la
cathédrale, et pleins de cloches qui sonnent
dans l'air bleu des belles matinées, jetant
jusqu'à moi leur doux et lointain bourdonne-
ment de fer, leur chant d'airain que la brise
m'apporte, tantôt plus fort et tantôt plus affaibli, suivant qu'elle s'éveille ou s'assoupit.

Comme il faisait bon ce matin !

Vers onze heures, un long convoi de navires,
traînés par un remorqueur, gros comme une
mouche, et qui râlait de peine en vomissant une
fumée épaisse, défila devant ma grille.

Après deux goélettes anglaises, dont le
pavillon rouge ondoyait sur le ciel, venait un
superbe trois-mâts brésilien, tout blanc, admirablement propre et luisant. Je le saluai, je ne
sais pourquoi, tant ce navire me fit plaisir à
voir [1].

---

les plus troublants de l'histoire du *Horla* : pourquoi ce rapport,
presque cette identification, avec Flaubert ? Non moins troublant est le fait que le journal du *Horla* commence un 8 mai et
que Flaubert est mort le 8 mai 1880.

1. Selon Louis Forestier, « Maupassant transpose librement
ce qui se pratiquait à l'époque du choléra (en août et septembre
1884) : des vaisseaux anglais servaient de relais aux navires mis
en quarantaine et entraient notamment au Havre ». Ils n'allaient
cependant pas jusqu'à Croisset. Quant au « blanc » du trois-
mâts brésilien, c'est un peu celui d'un vaisseau fantôme ou de
la baleine de *Moby Dick*.

12 mai. — J'ai un peu de fièvre depuis quelques jours ; je me sens souffrant, ou plutôt je me sens triste.

D'où viennent ces influences mystérieuses qui changent en découragement notre bonheur et notre confiance en détresse ? On dirait que l'air, l'air invisible est plein d'inconnaissables Puissances, dont nous subissons les voisinages mystérieux. Je m'éveille plein de gaieté, avec des envies de chanter dans la gorge. — Pourquoi ? — Je descends le long de l'eau ; et soudain, après une courte promenade, je rentre désolé, comme si quelque malheur m'attendait chez moi. — Pourquoi ? — Est-ce un frisson de froid qui, frôlant ma peau, a ébranlé mes nerfs et assombri mon âme ? Est-ce la forme des nuages, ou la couleur du jour, la couleur des choses, si variable, qui, passant par mes yeux, a troublé ma pensée ? Sait-on ? Tout ce qui nous entoure, tout ce que nous voyons sans le regarder, tout ce que nous frôlons sans le connaître, tout ce que nous touchons sans le palper, tout ce que nous rencontrons sans le distinguer, a sur nous, sur nos organes et, par eux, sur nos idées, sur notre cœur lui-même, des effets rapides, surprenants et inexplicables ?

Comme il est profond, ce mystère de l'Invisible ! Nous ne le pouvons sonder avec nos sens misérables, avec nos yeux qui ne savent apercevoir ni le trop petit, ni le trop grand, ni le trop près, ni le trop loin, ni les habitants d'une étoile, ni les habitants d'une goutte d'eau... avec nos oreilles qui nous trompent, car elles nous transmettent les vibrations de l'air en notes sonores. Elles sont des fées qui font ce miracle de changer en bruit ce mouvement et par cette métamorphose donnent naissance à la musique, qui rend chantante l'agitation muette de la nature... avec notre odorat, plus faible que celui du chien... avec notre goût, qui peut à peine discerner l'âge d'un vin [1] !

Ah ! si nous avions d'autres organes qui accompliraient en notre faveur d'autres miracles, que de choses nous pourrions découvrir encore autour de nous !

16 mai. — Je suis malade, décidément ! Je me portais si bien le mois dernier ! J'ai la fièvre, une fièvre atroce, ou plutôt un énervement fiévreux, qui rend mon âme aussi souffrante que mon corps ! J'ai sans cesse cette sensation affreuse d'un danger menaçant, cette appréhension d'un malheur qui vient ou de la mort qui approche, ce pressentiment qui est sans doute

---

1. Cette idée que l'imperfection de nos sens est la seule barrière qui nous sépare du surnaturel est constante chez Maupassant. Elle est longuement développée dans la première version du *Horla* et dans un récit de 1885, *Lettre d'un fou*.

l'atteinte d'un mal encore inconnu, germant dans le sang et dans la chair.

18 mai. — Je viens d'aller consulter mon médecin, car je ne pouvais plus dormir. Il m'a trouvé le pouls rapide, l'œil dilaté, les nerfs vibrants, mais sans aucun symptôme alarmant. Je dois me soumettre aux douches et boire du bromure de potassium.

25 mai. — Aucun changement ! Mon état, vraiment, est bizarre. À mesure qu'approche le soir, une inquiétude incompréhensible m'envahit, comme si la nuit cachait pour moi une menace terrible. Je dîne vite, puis j'essaie de lire ; mais je ne comprends pas les mots ; je distingue à peine les lettres. Je marche alors dans mon salon de long en large, sous l'oppression d'une crainte confuse et irrésistible, la crainte du sommeil et la crainte du lit.

Vers dix heures, je monte dans ma chambre. À peine entré, je donne deux tours de clef, et je pousse les verrous ; j'ai peur... de quoi ?... Je ne redoutais rien jusqu'ici... j'ouvre mes armoires, je regarde sous mon lit ; j'écoute... j'écoute... quoi ?... Est-ce étrange qu'un simple malaise, un trouble de la circulation peut-être, l'irritation d'un filet nerveux, un peu de congestion, une toute petite perturbation dans le fonctionnement si imparfait et si délicat de notre machine vivante, puisse faire un mélancolique du plus joyeux des hommes, et un poltron du plus brave ? Puis, je me couche, et j'attends le sommeil comme on attendrait le bourreau. Je l'attends avec l'épouvante de sa venue, et mon cœur bat, et mes jambes frémissent ; et tout mon corps tressaille dans la chaleur des draps, jusqu'au moment où je tombe tout à coup dans le repos, comme on tomberait pour s'y noyer, dans un gouffre d'eau stagnante. Je ne le sens pas venir, comme autrefois, ce sommeil perfide, caché près de moi, qui me guette, qui va me saisir par la tête, me fermer les yeux, m'anéantir.

Je dors — longtemps — deux ou trois heures — puis un rêve — non — un cauchemar m'étreint. Je sens bien que je suis couché et que je dors... je le sens et je le sais... et je sens aussi que quelqu'un s'approche de moi, me regarde, me palpe, monte sur mon lit, s'agenouille sur ma poitrine, me prend le cou entre ses mains et serre... serre... de toute sa force pour m'étrangler.

Moi, je me débats, lié par cette impuissance atroce, qui nous paralyse dans les songes ; je veux crier, — je ne peux pas ; — je veux remuer, — je ne peux pas ; — j'essaie, avec des efforts affreux, en haletant, de me tourner, de rejeter cet être qui m'écrase et qui m'étouffe, — je ne peux pas !

Et soudain, je m'éveille, affolé, couvert de sueur. J'allume une bougie. Je suis seul.

Après cette crise, qui se renouvelle toutes les nuits, je dors enfin, avec calme, jusqu'à l'aurore.

2 juin. — Mon état s'est encore aggravé. Qu'ai-je donc ? Le bromure n'y fait rien ; les douches n'y font rien. Tantôt, pour fatiguer mon corps, si las pourtant, j'allai faire un tour dans la forêt de Roumare. Je crus d'abord que l'air frais, léger et doux, plein d'odeur d'herbes et de feuilles, me versait aux veines un sang nouveau, au cœur une énergie nouvelle. Je pris une grande avenue de chasse, puis je tournai vers La Bouille[1], par une allée étroite, entre deux armées d'arbres démesurément hauts qui mettaient un toit vert, épais, presque noir, entre le ciel et moi.

Un frisson me saisit soudain, non pas un frisson de froid, mais un étrange frisson d'angoisse.

Je hâtai le pas, inquiet d'être seul dans ce bois, apeuré sans raison, stupidement, par la profonde solitude. Tout à coup, il me sembla que j'étais suivi, qu'on marchait sur mes talons, tout près, à me toucher.

---

1. Un village en aval de Rouen, sur la rive gauche de la Seine.

Je me retournai brusquement. J'étais seul. Je ne vis derrière moi que la droite et large allée, vide, haute, redoutablement vide ; et de l'autre côté elle s'étendait aussi à perte de vue, toute pareille, effrayante.

Je fermai les yeux. Pourquoi ? Et je me mis à tourner sur un talon, très vite, comme une toupie. Je faillis tomber ; je rouvris les yeux, les arbres dansaient, la terre flottait ; je dus m'asseoir. Puis, ah ! je ne savais plus par où j'étais venu ! Bizarre idée ! Bizarre ! Bizarre idée ! Je ne savais plus du tout. Je partis par le côté qui se trouvait à ma droite, et je revins dans l'avenue qui m'avait amené au milieu de la forêt.

3 juin. — La nuit a été horrible. Je vais m'absenter pendant quelques semaines. Un petit voyage, sans doute, me remettra.

2 juillet. — Je rentre. Je suis guéri. J'ai fait d'ailleurs une excursion charmante. J'ai visité le mont Saint-Michel que je ne connaissais pas [1].

Quelle vision, quand on arrive, comme moi, à Avranches, vers la fin du jour ! La ville est

---

1. Le Mont-Saint-Michel, « ce château de fées planté dans la mer », apparaît déjà dans un conte de 1882, *La Légende du Mont-Saint-Michel*.

sur une colline ; et on me conduisit dans le jardin public, au bout de la cité. Je poussai un cri d'étonnement. Une baie démesurée s'étendait devant moi, à perte de vue, entre deux côtes écartées se perdant au loin dans les brumes ; et au milieu de cette immense baie jaune, sous un ciel d'or et de clarté, s'élevait sombre et pointu un mont étrange, au milieu des sables. Le soleil venait de disparaître, et sur l'horizon encore flamboyant se dessinait le profil de ce fantastique rocher qui porte sur son sommet un fantastique monument.

Dès l'aurore, j'allai vers lui. La mer était basse, comme la veille au soir, et je regardais se dresser devant moi, à mesure que j'approchais d'elle, la surprenante abbaye. Après plusieurs heures de marche, j'atteignis l'énorme bloc de pierres qui porte la petite cité dominée par la grande église. Ayant gravi la rue étroite et rapide, j'entrai dans la plus admirable demeure gothique construite pour Dieu sur la terre, vaste comme une ville, pleine de salles basses écrasées sous des voûtes et de hautes galeries que soutiennent de frêles colonnes. J'entrai dans ce gigantesque bijou de granit, aussi léger qu'une dentelle, couvert de tours, de sveltes clochetons, où montent des escaliers tordus, et qui lancent dans le ciel bleu des jours, dans le ciel noir des nuits, leurs têtes bizarres hérissées de chimères, de diables, de bêtes fantastiques, de fleurs monstrueuses, et reliés l'un à l'autre par de fines arches ouvragées.

Quand je fus sur le sommet, je dis au moine qui m'accompagnait : « Mon Père, comme vous devez être bien ici ! »

Il répondit : « Il y a beaucoup de vent, monsieur » ; et nous nous mîmes à causer en regardant monter la mer, qui courait sur le sable et le couvrait d'une cuirasse d'acier.

Et le moine me conta des histoires, toutes les vieilles histoires de ce lieu, des légendes, toujours des légendes.

Une d'elles me frappa beaucoup. Les gens du pays, ceux du mont, prétendent qu'on entend parler la nuit dans les sables, puis qu'on entend bêler deux chèvres, l'une avec une voix forte, l'autre avec une voix faible. Les incrédules affirment que ce sont les cris des oiseaux de mer, qui ressemblent tantôt à des bêlements, et tantôt à des plaintes humaines ; mais les pêcheurs attardés jurent avoir rencontré, rôdant sur les dunes, entre deux marées, autour de la petite ville jetée ainsi loin du monde, un vieux berger, dont on ne voit jamais la tête couverte de son manteau, et qui conduit, en marchant devant eux, un bouc à figure d'homme et une chèvre à figure de femme, tous deux avec de longs cheveux blancs et parlant sans cesse, se querellant dans une langue inconnue, puis cessant soudain de crier pour bêler de toute leur force.

Je dis au moine : « Y croyez-vous ? »

Il murmura : « Je ne sais pas. »

Je repris : « S'il existait sur la terre d'autres êtres que nous, comment ne les connaîtrions-nous point depuis longtemps ; comment ne les auriez-vous pas vus, vous ? comment ne les aurais-je pas vus, moi ? »

Il répondit : « Est-ce que nous voyons la cent millième partie de ce qui existe ? Tenez, voici le vent, qui est la plus grande force de la nature, qui renverse les hommes, abat les édifices, déracine les arbres, soulève la mer en montagnes d'eau, détruit les falaises, et jette aux brisants les grands navires, le vent qui tue, qui siffle, qui gémit, qui mugit, — l'avez-vous vu, et pouvez-vous le voir ? Il existe, pourtant. »

Je me tus devant ce simple raisonnement. Cet homme était un sage ou peut-être un sot. Je ne l'aurais pu affirmer au juste ; mais je me tus. Ce qu'il disait là, je l'avais pensé souvent.

3 juillet. — J'ai mal dormi ; certes, il y a ici une influence fiévreuse, car mon cocher souffre du même mal que moi. En rentrant hier, j'avais remarqué sa pâleur singulière. Je lui demandai :

« Qu'est-ce que vous avez, Jean ?

— J'ai que je ne peux plus me reposer, monsieur, ce sont mes nuits qui mangent mes jours. Depuis le départ de monsieur, cela me tient comme un sort. »

Les autres domestiques vont bien cependant, mais j'ai grand-peur d'être repris, moi.

4 juillet. — Décidément, je suis repris. Mes cauchemars anciens reviennent. Cette nuit, j'ai senti quelqu'un accroupi sur moi, et qui, sa bouche sur la mienne, buvait ma vie entre mes lèvres. Oui, il la puisait dans ma gorge, comme aurait fait une sangsue. Puis il s'est levé, repu, et moi je me suis réveillé, tellement meurtri, brisé, anéanti, que je ne pouvais plus remuer. Si cela continue encore quelques jours, je repartirai certainement.

5 juillet. — Ai-je perdu la raison ? Ce qui s'est passé, ce que j'ai vu la nuit dernière est tellement étrange, que ma tête s'égare quand j'y songe !

Comme je le fais maintenant chaque soir, j'avais fermé ma porte à clef ; puis, ayant soif, je bus un demi-verre d'eau, et je remarquai par hasard que ma carafe était pleine jusqu'au bouchon de cristal.

Je me couchai ensuite et je tombai dans un de mes sommeils épouvantables, dont je fus tiré au bout de deux heures environ par une secousse plus affreuse encore.

Figurez-vous un homme qui dort, qu'on assassine, et qui se réveille, avec un couteau dans le poumon, et qui râle couvert de sang, et qui ne peut plus respirer, et qui va mourir, et qui ne comprend pas — voilà.

Ayant enfin reconquis ma raison, j'eus soif de nouveau ; j'allumai une bougie et j'allai vers la table où était posée ma carafe. Je la soulevai en la penchant sur mon verre ; rien ne coula. — Elle était vide ! Elle était vide complètement ! D'abord, je n'y compris rien ; puis, tout à coup, je ressentis une émotion si terrible, que je dus m'asseoir, ou plutôt, que je tombai sur une chaise ! puis, je me redressai d'un saut pour regarder autour de moi ! puis je me rassis, éperdu d'étonnement et de peur, devant le cristal transparent ! Je le contemplais avec des yeux fixes, cherchant à deviner. Mes mains tremblaient ! On avait donc bu cette eau ? Qui ? Moi ? moi, sans doute ? Ce ne pouvait être que moi ? Alors, j'étais somnambule, je vivais, sans le savoir, de cette double vie mystérieuse qui fait douter s'il y a deux êtres en nous, ou si un être étranger, inconnaissable et invisible, anime, par moments, quand notre âme est engourdie, notre corps captif qui obéit à cet autre, comme à nous-mêmes, plus qu'à nous-mêmes.

Ah ! qui comprendra mon angoisse abominable ? Qui comprendra l'émotion d'un homme, sain d'esprit, bien éveillé, plein de raison, et qui regarde épouvanté, à travers le verre d'une carafe, un peu d'eau disparue pendant qu'il a dormi ! Et je restai là jusqu'au jour, sans oser regagner mon lit.

6 juillet. — Je deviens fou. On a encore bu toute ma carafe cette nuit ; — ou plutôt, je l'ai bue !

Mais, est-ce moi ? Est-ce moi ? Qui serait-ce ? Qui ? Oh ! mon Dieu ! Je deviens fou ? Qui me sauvera ?

10 juillet. — Je viens de faire des épreuves surprenantes.

Décidément, je suis fou ! Et pourtant !

Le 6 juillet, avant de me coucher, j'ai placé sur ma table du vin, du lait, de l'eau, du pain et des fraises.

On a bu — j'ai bu — toute l'eau, et un peu de lait [1]. On n'a touché ni au vin, ni au pain, ni aux fraises.

Le 7 juillet, j'ai renouvelé la même épreuve, qui a donné le même résultat.

---

1. Étrange, chez notre extra-terrestre, ce goût du lait et cette horreur du vin.

Le 8 juillet, j'ai supprimé l'eau et le lait. On n'a touché à rien.

Le 9 juillet enfin, j'ai remis sur ma table l'eau et le lait seulement, en ayant soin d'envelopper les carafes en des linges de mousseline blanche et de ficeler les bouchons. Puis, j'ai frotté mes lèvres, ma barbe, mes mains avec de la mine de plomb, et je me suis couché.

L'invincible sommeil m'a saisi, suivi bientôt de l'atroce réveil. Je n'avais point remué ; mes draps eux-mêmes ne portaient pas de taches. Je m'élançai vers ma table. Les linges enfermant les bouteilles étaient demeurés immaculés. Je déliai les cordons, en palpitant de crainte. On avait bu toute l'eau ! on avait bu tout le lait ! Ah ! mon Dieu !...

Je vais partir tout à l'heure pour Paris.

12 juillet. — Paris. J'avais donc perdu la tête les jours derniers ! J'ai dû être le jouet de mon imagination énervée, à moins que je ne sois vraiment somnambule, ou que j'aie subi une de ces influences constatées, mais inexplicables jusqu'ici, qu'on appelle suggestions. En tout cas, mon affolement touchait à la démence, et vingt-quatre heures de Paris ont suffi pour me remettre d'aplomb.

Hier, après des courses et des visites, qui m'ont fait passer dans l'âme de l'air nouveau et vivifiant, j'ai fini ma soirée au Théâtre-Français. On y jouait une pièce d'Alexandre Dumas fils ; et cet esprit alerte et puissant a achevé de me guérir[1]. Certes, la solitude est dangereuse pour les intelligences qui travaillent. Il nous faut autour de nous, des hommes qui pensent et qui parlent. Quand nous sommes seuls longtemps, nous peuplons le vide de fantômes.

Je suis rentré à l'hôtel très gai, par les boulevards. Au coudoiement de la foule, je songeais, non sans ironie, à mes terreurs, à mes suppositions de l'autre semaine, car j'ai cru, oui, j'ai cru qu'un être invisible habitait sous mon toit. Comme notre tête est faible et s'effare, et s'égare vite, dès qu'un petit fait incompréhensible nous frappe !

Au lieu de conclure par ces simples mots : « Je ne comprends pas parce que la cause m'échappe », nous imaginons aussitôt des mystères effrayants et des puissances surnaturelles.

14 juillet. — Fête de la République. Je me suis promené par les rues. Les pétards et les drapeaux m'amusaient comme un enfant. C'est pourtant fort bête d'être joyeux, à date fixe, par

---

1. Maupassant et Dumas fils se connaissaient fort bien et, comme le note Louis Forestier, la pièce en question était peut-être *Denise*, qui fut reprise à la Comédie-Française le 22 septembre 1886.

décret du gouvernement[1]. Le peuple est un troupeau imbécile, tantôt stupidement patient et tantôt férocement révolté. On lui dit : « Amuse-toi. » Il s'amuse. On lui dit : « Va te battre avec le voisin. » Il va se battre. On lui dit : « Vote pour l'Empereur. » Il vote pour l'Empereur. Puis, on lui dit : « Vote pour la République. » Et il vote pour la République.

Ceux qui le dirigent sont aussi sots ; mais au lieu d'obéir à des hommes, ils obéissent à des principes, lesquels ne peuvent être que niais, stériles et faux, par cela même qu'ils sont des principes, c'est-à-dire des idées réputées certaines et immuables, en ce monde où l'on n'est sûr de rien, puisque la lumière est une illusion, puisque le bruit est une illusion.

16 juillet. — J'ai vu hier des choses qui m'ont beaucoup troublé.

Je dînais chez ma cousine, Mme Sablé, dont le mari commande le 76ᵉ chasseurs à Limoges. Je me trouvais chez elle avec deux jeunes femmes, dont l'une a épousé un médecin, le

---

1. Le 14 juillet avait été décrété fête nationale en 1880 par la nouvelle majorité républicaine de la Chambre. La remarque sur la bêtise « d'être joyeux, à date fixe, par décret du gouvernement » est fréquente chez les conservateurs de l'époque et l'on peut voir par tout ce passage que Maupassant n'était pas précisément démocrate et n'avait aucune sympathie pour les hommes politiques de son temps. Maupassant était plus ou moins ce que l'on a appelé depuis un anarchiste de droite.

docteur Parent, qui s'occupe beaucoup des maladies nerveuses et des manifestations extra-ordinaires auxquelles donnent lieu en ce moment les expériences sur l'hypnotisme et la suggestion [1].

Il nous raconta longtemps les résultats prodigieux obtenus par des savants anglais et par les médecins de l'école de Nancy.

Les faits qu'il avança me parurent tellement bizarres, que je me déclarai tout à fait in-crédule.

« Nous sommes, affirmait-il, sur le point de découvrir un des plus importants secrets de la nature, je veux dire, un de ses plus importants secrets sur cette terre ; car elle en a certes d'autrement importants, là-bas, dans les étoiles. Depuis que l'homme pense, depuis qu'il sait dire et écrire sa pensée, il se sent frôlé par un mystère impénétrable pour ses sens grossiers et imparfaits, et il tâche de suppléer, par l'effort de son intelligence, à l'impuissance de ses organes. Quand cette intelligence demeurait encore à l'état rudimentaire, cette hantise

---

1. Sur Charcot et l'hypnose, voir la préface. L'école anglaise était celle du docteur J. Braid dont la *Neurypnology* avait paru en 1843. L'école de Nancy, celle du docteur Liébault et, à l'époque de Maupassant, de Bernheim et Baunis, ne pratiquait pas le « grand hypnotisme » théâtral cher à Charcot mais le « petit hypnotisme » qui, note Marie-Claire Bancquart, « moins spectaculaire et, si l'on peut dire, plus maniable était à l'honneur dans les salons ».

des phénomènes invisibles a pris des formes banalement effrayantes. De là sont nées les croyances populaires au surnaturel, les légendes des esprits rôdeurs, des fées, des gnomes, des revenants, je dirai même la légende de Dieu, car nos conceptions de l'ouvrier-créateur, de quelque religion qu'elles nous viennent, sont bien les inventions les plus médiocres, les plus stupides, les plus inacceptables sorties du cerveau apeuré des créatures. Rien de plus vrai que cette parole de Voltaire : "Dieu a fait l'homme à son image, mais l'homme le lui a bien rendu[1]."

« Mais, depuis un peu plus d'un siècle, on semble pressentir quelque chose de nouveau. Mesmer et quelques autres nous ont mis sur une voie inattendue, et nous sommes arrivés vraiment, depuis quatre ou cinq ans surtout, à des résultats surprenants. »

Ma cousine, très incrédule aussi, souriait. Le docteur Parent lui dit : « Voulez-vous que j'essaie de vous endormir, madame ?

— Oui, je veux bien. »

Elle s'assit dans un fauteuil et il commença à la regarder fixement en la fascinant. Moi, je me sentis soudain un peu troublé, le cœur battant, la gorge serrée. Je voyais les yeux de

---

1. Cette phrase du *Sottisier* (XXXII) est déjà citée dans *La Légende du Mont-Saint-Michel*.

Mme Sablé s'alourdir, sa bouche se crisper, sa poitrine haleter.

Au bout de dix minutes, elle dormait.

« Mettez-vous derrière elle », dit le médecin.

Et je m'assis derrière elle. Il lui plaça entre les mains une carte de visite en lui disant : « Ceci est un miroir ; que voyez-vous de-dans ? »

Elle répondit :

« Je vois mon cousin.

— Que fait-il ?

— Il se tord la moustache.

— Et maintenant ?

— Il tire de sa poche une photographie.

— Quelle est cette photographie ?

— La sienne. »

C'était vrai ! Et cette photographie venait de m'être livrée, le soir même, à l'hôtel.

« Comment est-il sur ce portrait ?

— Il se tient debout avec son chapeau à la main. »

Donc elle voyait dans cette carte, dans ce carton blanc, comme elle eût vu dans une glace.

Les jeunes femmes, épouvantées, disaient : « Assez ! Assez ! Assez ! »

Mais le docteur ordonna : « Vous vous lève-rez demain à huit heures ; puis vous irez trou-ver à son hôtel votre cousin, et vous le supplie-rez de vous prêter cinq mille francs que votre

mari vous demande et qu'il vous réclamera à
son prochain voyage. »

Puis il la réveilla.

En rentrant à l'hôtel, je songeais à cette
curieuse séance et des doutes m'assaillirent,
non point sur l'absolue, sur l'insoupçonnable
bonne foi de ma cousine, que je connaissais
comme une sœur, depuis l'enfance, mais sur
une supercherie possible du docteur. Ne dissi-
mulait-il pas dans sa main une glace qu'il montrait à la jeune femme endormie, en même
temps que sa carte de visite ? Les prestidigita-
teurs de profession font des choses autrement
singulières.

Je rentrai donc et je me couchai.

Or, ce matin, vers huit heures et demie, je
fus réveillé par mon valet de chambre, qui me
dit :

« C'est Mme Sablé qui demande à parler à
monsieur tout de suite. »

Je m'habillai à la hâte et je la reçus.

Elle s'assit fort troublée, les yeux baissés, et,
sans lever son voile, elle me dit :

« Mon cher cousin, j'ai un gros service à
vous demander.

— Lequel, ma cousine ?

— Cela me gêne beaucoup de vous le dire,
et pourtant, il le faut. J'ai besoin, absolument
besoin, de cinq mille francs.

— Allons donc, vous ?

— Oui, moi, ou plutôt mon mari, qui me charge de les trouver. »

J'étais tellement stupéfait, que je balbutiais mes réponses. Je me demandais si vraiment elle ne s'était pas moquée de moi avec le docteur Parent, si ce n'était pas là une simple farce préparée d'avance et fort bien jouée.

Mais, en la regardant avec attention, tous mes doutes se dissipèrent. Elle tremblait d'angoisse, tant cette démarche lui était douloureuse, et je compris qu'elle avait la gorge pleine de sanglots.

Je la savais fort riche et je repris :

« Comment ! Votre mari n'a pas cinq mille francs à sa disposition ! Voyons, réfléchissez. Êtes-vous sûre qu'il vous a chargée de me les demander ? »

Elle hésita quelques secondes comme si elle eût fait un grand effort pour chercher dans son souvenir, puis elle répondit :

« Oui..., oui... j'en suis sûre.

— Il vous a écrit ? »

Elle hésita encore, réfléchissant. Je devinai le travail torturant de sa pensée. Elle ne savait pas. Elle savait seulement qu'elle devait m'emprunter cinq mille francs pour son mari. Donc elle osa mentir.

« Oui, il m'a écrit.

— Quand donc ? Vous ne m'avez parlé de rien, hier.

— J'ai reçu sa lettre ce matin.

— Pouvez-vous me la montrer ?

— Non... non... non... elle contenait des choses intimes... trop personnelles... je l'ai... je l'ai brûlée.

— Alors, c'est que votre mari fait des dettes. »

Elle hésita encore, puis murmura :

« Je ne sais pas. »

Je déclarai brusquement :

« C'est que je ne puis disposer de cinq mille francs en ce moment, ma chère cousine. »

Elle poussa une sorte de cri de souffrance.

« Oh ! oh ! je vous en prie, je vous en prie, trouvez-les... »

Elle s'exaltait, joignait les mains comme si elle m'eût prié ! J'entendais sa voix changer de ton ; elle pleurait et bégayait, harcelée, dominée par l'ordre irrésistible qu'elle avait reçu.

« Oh ! oh ! je vous en supplie... si vous saviez comme je souffre... il me les faut aujourd'hui. »

J'eus pitié d'elle.

« Vous les aurez tantôt, je vous le jure. »

Elle s'écria :

« Oh ! merci ! merci ! Que vous êtes bon. »

Je repris : « Vous rappelez-vous ce qui s'est passé hier chez vous ?

— Oui.

— Vous rappelez-vous que le docteur Parent vous a endormie ?

— Oui.

— Eh bien, il vous a ordonné de venir m'emprunter ce matin cinq mille francs, et vous obéissez en ce moment à cette suggestion. »

Elle réfléchit quelques secondes et répondit :

« Puisque c'est mon mari qui les demande. »

Pendant une heure, j'essayai de la convaincre, mais je n'y pus parvenir.

Quand elle fut partie, je courus chez le docteur. Il allait sortir ; et il m'écouta en souriant. Puis il dit :

« Croyez-vous maintenant ?

— Oui, il le faut bien.

— Allons chez votre parente. »

Elle sommeillait déjà sur une chaise longue, accablée de fatigue. Le médecin lui prit le pouls, la regarda quelque temps, une main levée vers ses yeux qu'elle ferma peu à peu sous l'effort insoutenable de cette puissance magnétique.

Quand elle fut endormie :

« Votre mari n'a plus besoin de cinq mille francs. Vous allez donc oublier que vous avez prié votre cousin de vous les prêter, et, s'il vous parle de cela, vous ne comprendrez pas. »

Puis il la réveilla. Je tirai de ma poche un portefeuille :

« Voici, ma chère cousine, ce que vous m'avez demandé ce matin. »

Elle fut tellement surprise que je n'osai pas insister. J'essayai cependant de ranimer sa mémoire, mais elle nia avec force, crut que je me moquais d'elle, et faillit, à la fin, se fâcher.

. . . .

Voilà ! Je viens de rentrer ; et je n'ai pu déjeuner, tant cette expérience m'a bouleversé.

19 juillet. — Beaucoup de personnes à qui j'ai raconté cette aventure se sont moquées de moi. Je ne sais plus que penser. Le sage dit : Peut-être ?

21 juillet. — J'ai été dîner à Bougival, puis j'ai passé la soirée au bal des canotiers. Décidément, tout dépend des lieux et des milieux. Croire au surnaturel dans l'île de la Grenouillère, serait le comble de la folie... mais au sommet du mont Saint-Michel ?... mais dans les Indes ? Nous subissons effroyablement l'influence de ce qui nous entoure. Je rentrerai chez moi la semaine prochaine.

30 juillet. — Je suis revenu dans ma maison depuis hier. Tout va bien.

2 août. — Rien de nouveau ; il fait un temps superbe. Je passe mes journées à regarder couler la Seine.

4 août. — Querelles parmi mes domestiques. Ils prétendent qu'on casse les verres, la nuit, dans les armoires. Le valet de chambre accuse la cuisinière, qui accuse la lingère, qui accuse les deux autres. Quel est le coupable ? Bien fin qui le dirait ?

6 août. — Cette fois, je ne suis pas fou. J'ai vu... j'ai vu... j'ai vu !... Je ne puis plus douter... j'ai vu !... J'ai encore froid jusque dans les ongles... j'ai encore peur jusque dans les moelles... j'ai vu !...

Je me promenais à deux heures, en plein soleil, dans mon parterre de rosiers... dans l'allée des rosiers d'automne qui commencent à fleurir.

Comme je m'arrêtais à regarder un *géant des batailles*, qui portait trois fleurs magnifiques, je vis, je vis distinctement, tout près de moi, la tige d'une de ces roses se plier, comme si une main invisible l'eût tordue, puis se casser, comme si cette main l'eût cueillie ! Puis la fleur s'éleva, suivant la courbe qu'aurait décrite un bras en la portant vers une bouche, et elle resta suspendue dans l'air transparent, toute seule, immobile, effrayante tache rouge à trois pas de mes yeux.

Éperdu, je me jetai sur elle pour la saisir ! Je ne trouvai rien ; elle avait disparu. Alors je fus pris d'une colère furieuse contre moi-même ;

car il n'est pas permis à un homme raisonnable et sérieux d'avoir de pareilles hallucinations.

Mais était-ce bien une hallucination ? Je me retournai pour chercher la tige, et je la retrouvai immédiatement sur l'arbuste, fraîchement brisée, entre les deux autres roses demeurées à la branche.

Alors, je rentrai chez moi l'âme bouleversée ; car je suis certain, maintenant, certain comme de l'alternance des jours et des nuits, qu'il existe près de moi un être invisible, qui se nourrit de lait et d'eau, qui peut toucher aux choses, les prendre et les changer de place, doué par conséquent d'une nature matérielle, bien qu'imperceptible pour nos sens, et qui habite comme moi, sous mon toit...

7 août. — J'ai dormi tranquille. Il a bu l'eau de ma carafe, mais n'a point troublé mon sommeil.

Je me demande si je suis fou. En me promenant, tantôt au grand soleil, le long de la rivière, des doutes me sont venus sur ma raison, non point des doutes vagues comme j'en avais jusqu'ici, mais des doutes précis, absolus. J'ai vu des fous ; j'en ai connu qui restaient intelligents, lucides, clairvoyants même sur toutes les choses de la vie, sauf sur un point. Ils parlaient de tout avec clarté, avec souplesse, avec profondeur, et soudain leur

pensée, touchant l'écueil de leur folie, s'y
déchirait en pièces, s'éparpillait et sombrait
dans cet océan effrayant et furieux, plein de
vagues bondissantes, de brouillards, de bour-
rasques, qu'on nomme « la démence ».

Certes, je me croirais fou, absolument fou, si
je n'étais conscient, si je ne connaissais parfaitement mon état, si je ne le sondais en l'analy-
sant avec une complète lucidité. Je ne serais
donc, en somme, qu'un halluciné raisonnant.
Un trouble inconnu se serait produit dans mon
cerveau, un de ces troubles qu'essaient de
noter et de préciser aujourd'hui les physiolo-
gistes ; et ce trouble aurait déterminé dans mon
esprit, dans l'ordre et la logique de mes idées,
une crevasse profonde. Des phénomènes semblables ont lieu dans le rêve qui nous promène
à travers les fantasmagories les plus invraisemblables, sans que nous en soyons surpris, parce
que l'appareil vérificateur, parce que le sens du
contrôle est endormi ; tandis que la faculté
imaginative veille et travaille. Ne se peut-il pas
qu'une des imperceptibles touches du clavier
cérébral se trouve paralysée chez moi ? Des
hommes, à la suite d'accidents, perdent la
mémoire des noms propres ou des verbes ou
des chiffres, ou seulement des dates. Les loca-
lisations de toutes les parcelles de la pensée
sont aujourd'hui prouvées. Or, quoi d'étonnant
à ce que ma faculté de contrôler l'irréalité de

certaines hallucinations, se trouve engourdie chez moi en ce moment !

Je songeais à tout cela en suivant le bord de l'eau. Le soleil couvrait de clarté la rivière, faisait la terre délicieuse, emplissait mon regard d'amour pour la vie, pour les hirondelles, dont l'agilité est une joie de mes yeux, pour les herbes de la rive, dont le frémissement est un bonheur de mes oreilles.

Peu à peu, cependant, un malaise inexplicable me pénétrait. Une force, me semblait-il, une force occulte m'engourdissait, m'arrêtait, m'empêchait d'aller plus loin, me rappelait en arrière. J'éprouvais ce besoin douloureux de rentrer qui vous oppresse, quand on a laissé au logis un malade aimé, et que le pressentiment vous saisit d'une aggravation de son mal.

Donc, je revins malgré moi, sûr que j'allais trouver, dans ma maison, une mauvaise nouvelle, une lettre ou une dépêche. Il n'y avait rien ; et je demeurai plus surpris et plus inquiet que si j'avais eu de nouveau quelque vision fantastique.

8 août. — J'ai passé hier une affreuse soirée. Il ne se manifeste plus, mais je le sens près de moi, m'épiant, me regardant, me pénétrant, me dominant et plus redoutable, en se cachant ainsi, que s'il signalait par des phénomènes surnaturels sa présence invisible et constante.

J'ai dormi, pourtant.

9 août. — Rien, mais j'ai peur.

10 août. — Rien ; qu'arrivera-t-il demain ?

11 août. — Toujours rien ; je ne puis plus rester chez moi avec cette crainte et cette pensée entrées en mon âme ; je vais partir.

12 août, 10 heures du soir. — Tout le jour j'ai voulu m'en aller ; je n'ai pas pu. J'ai voulu accomplir cet acte de liberté si facile, si simple, — sortir — monter dans ma voiture pour gagner Rouen — je n'ai pas pu. Pourquoi ?

13 août. — Quand on est atteint par certaines maladies, tous les ressorts de l'être physique semblent brisés, toutes les énergies anéanties, tous les muscles relâchés, les os devenus mous comme la chair et la chair liquide comme de l'eau. J'éprouve cela dans mon être moral d'une façon étrange et désolante. Je n'ai plus aucune force, aucun courage, aucune domination sur moi, aucun pouvoir même de mettre en mouvement ma volonté. Je ne peux plus vouloir ; mais quelqu'un veut pour moi ; et j'obéis.

14 août. Je suis perdu ! Quelqu'un possède mon âme et la gouverne ! quelqu'un ordonne tous mes actes, tous mes mouvements, toutes mes pensées. Je ne suis plus rien en moi, rien qu'un spectateur esclave et terrifié de toutes les choses que j'accomplis. Je désire sortir. Je ne peux pas. Il ne veut pas ; et je reste, éperdu, tremblant, dans le fauteuil où il me tient assis. Je désire seulement me lever, me soulever, afin de me croire maître de moi. Je ne peux pas ! Je suis rivé à mon siège ; et mon siège adhère au sol, de telle sorte qu'aucune force ne nous soulèverait.

Puis, tout d'un coup, il faut, il faut, il faut que j'aille au fond de mon jardin cueillir des fraises et les manger. Et j'y vais. Je cueille des fraises et je les mange ! Oh ! mon Dieu ! Mon Dieu ! Mon Dieu ! Est-il un Dieu ? S'il en est un, délivrez-moi, sauvez-moi ! secourez-moi ! Pardon ! Pitié ! Grâce ! Sauvez-moi ! Oh ! quelle souffrance ! quelle torture ! quelle horreur !

15 août. — Certes, voilà comment était possédée et dominée ma pauvre cousine, quand elle est venue m'emprunter cinq mille francs. Elle subissait un vouloir étranger entré en elle, comme une autre âme, comme une autre âme parasite et dominatrice. Est-ce que le monde va finir ?

Mais celui qui me gouverne, quel est-il, cet

invisible ? cet inconnaissable, ce rôdeur d'une race surnaturelle ?

Donc les Invisibles existent ! Alors, comment depuis l'origine du monde ne se sont-ils pas encore manifestés d'une façon précise comme ils le font pour moi ? Je n'ai jamais rien lu qui ressemble à ce qui s'est passé dans ma demeure. Oh ! si je pouvais la quitter, si je pouvais m'en aller, fuir et ne pas revenir. Je serais sauvé, mais je ne peux pas.

16 août. — J'ai pu m'échapper aujourd'hui pendant deux heures, comme un prisonnier qui trouve ouverte, par hasard, la porte de son cachot. J'ai senti que j'étais libre tout à coup et qu'il était loin. J'ai ordonné d'atteler bien vite et j'ai gagné Rouen. Oh ! quelle joie de pouvoir dire à un homme qui obéit : « Allez à Rouen ! »

Je me suis fait arrêter devant la bibliothèque et j'ai prié qu'on me prêtât le grand traité du docteur Hermann Herestauss [1] sur les habitants inconnus du monde antique et moderne.

Puis, au moment de remonter dans mon coupé, j'ai voulu dire : « À la gare ! » et j'ai

1. Herestauss ? Peut-être, comme le suggère Marie-Claire Bancquart, « Herr » (monsieur) et « aus » (hors de), donc : l'homme d'ailleurs, un autre Horla. De toute manière, les « grands traités » sont régulièrement attribués par les Français du XIXe siècle à des savants allemands au nom barbare.

crié, — je n'ai pas dit, j'ai crié — d'une voix si forte que les passants se sont retournés : « À la maison », et je suis tombé, affolé d'angoisse, sur le coussin de ma voiture. Il m'avait retrouvé et repris.

17 août. — Ah ! Quelle nuit ! quelle nuit ! Et pourtant il me semble que je devrais me réjouir. Jusqu'à une heure du matin, j'ai lu ! Hermann Herestauss, docteur en philosophie et en théogonie, a écrit l'histoire et les manifestations de tous les êtres invisibles rôdant autour de l'homme ou rêvés par lui. Il décrit leurs origines, leur domaine, leur puissance. Mais aucun d'eux ne ressemble à celui qui me hante. On dirait que l'homme, depuis qu'il pense, a pressenti et redouté un être nouveau, plus fort que lui, son successeur en ce monde, et que, le sentant proche et ne pouvant prévoir la nature de ce maître, il a créé, dans sa terreur, tout le peuple fantastique des êtres occultes, fantômes vagues nés de la peur.

Donc, ayant lu jusqu'à une heure du matin, j'ai été m'asseoir ensuite auprès de ma fenêtre ouverte pour rafraîchir mon front et ma pensée au vent calme de l'obscurité.

Il faisait bon, il faisait tiède ! Comme j'aurais aimé cette nuit-là autrefois !

Pas de lune. Les étoiles avaient au fond du ciel noir des scintillements frémissants. Qui habite ces mondes ? Quelles formes, quels vivants, quels animaux, quelles plantes sont là-bas ? Ceux qui pensent dans ces univers lointains, que savent-ils plus que nous ? Que peuvent-ils plus que nous ? Que voient-ils que nous ne connaissons point ? Un d'eux, un jour ou l'autre, traversant l'espace, n'apparaîtra-t-il pas sur notre terre pour la conquérir, comme les Normands jadis traversaient la mer pour asservir des peuples plus faibles ?

Nous sommes si infirmes, si désarmés, si ignorants, si petits, nous autres, sur ce grain de boue qui tourne délayé dans une goutte d'eau.

Je m'assoupis en rêvant ainsi au vent frais du soir.

Or, ayant dormi environ quarante minutes, je rouvris les yeux sans faire un mouvement, réveillé par je ne sais quelle émotion confuse et bizarre. Je ne vis rien d'abord, puis, tout à coup, il me sembla qu'une page du livre resté ouvert sur ma table venait de tourner toute seule. Aucun souffle d'air n'était entré par ma fenêtre. Je fus surpris et j'attendis. Au bout de quatre minutes environ, je vis, je vis, oui, je vis de mes yeux une autre page se soulever et se rabattre sur la précédente, comme si un doigt l'eût feuilletée. Mon fauteuil était vide, semblait vide ; mais je compris qu'il était là, lui, assis à ma place, et qu'il lisait. D'un bond furieux, d'un bond de bête révoltée, qui va éventrer son dompteur, je traversai ma chambre pour le saisir, pour l'étreindre, pour le tuer !... Mais mon siège, avant que je l'eusse atteint, se renversa comme si on eût fui devant moi... ma table oscilla, ma lampe tomba et s'éteignit, et ma fenêtre se ferma comme si un malfaiteur surpris se fût élancé dans la nuit, en prenant à pleines mains les battants.

Donc, il s'était sauvé ; il avait eu peur, peur de moi, lui !

Alors... alors... demain... ou après... ou un jour quelconque, je pourrai donc le tenir sous mes poings, et l'écraser contre le sol ! Est-ce que les chiens, quelquefois, ne mordent point et n'étranglent pas leurs maîtres ?

18 août. — J'ai songé toute la journée. Oh ! oui, je vais lui obéir, suivre ses impulsions, accomplir toutes ses volontés, me faire humble, soumis, lâche. Il est le plus fort. Mais une heure viendra...

19 août. — Je sais... je sais... je sais tout ! Je viens de lire ceci dans la *Revue du Monde scientifique* : « Une nouvelle assez curieuse nous arrive de Rio de Janeiro. Une folie, une épidémie de folie, comparable aux démences contagieuses qui atteignirent les peuples d'Europe au moyen âge, sévit en ce moment dans la province de San-Paulo. Les habitants éperdus quittent leurs maisons, désertent leurs villages,

abandonnent leurs cultures, se disant poursuivis, possédés, gouvernés comme un bétail
humain par des êtres invisibles bien que tangi-
bles, des sortes de vampires qui se nourrissent
de leur vie, pendant leur sommeil, et qui boi-
vent en outre de l'eau et du lait sans paraître
toucher à aucun autre aliment.

« M. le professeur Don Pedro Henriquez,
accompagné de plusieurs savants médecins, est
parti pour la province de San-Paulo, afin d'étu-
dier sur place les origines et les manifestations
de cette surprenante folie, et de proposer à
l'Empereur les mesures qui lui paraîtront les
plus propres à rappeler à la raison ces popula-
tions en délire. »

Ah ! Ah ! je me rappelle, je me rappelle le
beau trois-mâts brésilien qui passa sous mes
fenêtres en remontant la Seine, le 8 mai dernier ! Je le trouvai si joli, si blanc, si gai !
L'Être était dessus, venant de là-bas, où sa race
est née ! Et il m'a vu ! Il a vu ma demeure
blanche aussi ; et il a sauté du navire sur la
rive. Oh ! mon Dieu !

À présent, je sais, je devine. Le règne de
l'homme est fini.

Il est venu, Celui que redoutaient les premiè-
res terreurs des peuples naïfs, Celui qu'exorci-
saient les prêtres inquiets, que les sorciers évo-
quaient par les nuits sombres, sans le voir
apparaître encore, à qui les pressentiments des

maîtres passagers du monde prêtèrent toutes les formes monstrueuses ou gracieuses des gnomes, des esprits, des génies, des fées, des farfadets. Après les grossières conceptions de l'épouvante primitive, des hommes plus perspicaces l'ont pressenti plus clairement. Mesmer l'avait deviné et les médecins, depuis dix ans déjà, ont découvert, d'une façon précise, la nature de sa puissance avant qu'il l'eût exercée lui-même. Ils ont joué avec cette arme du Seigneur nouveau, la domination d'un mystérieux vouloir sur l'âme humaine, devenue esclave. Ils ont appelé cela magnétisme, hypnotisme, suggestion... que sais-je ? Je les ai vus s'amuser comme des enfants imprudents avec cette horrible puissance ! Malheur à nous ! Malheur à l'homme ! Il est venu, le... le... comment se nomme-t-il... le... il semble qu'il me crie son nom, et je ne l'entends pas... le... oui... il le crie... J'écoute... je ne peux pas... répète... le... Horla... J'ai entendu... le Horla... c'est lui... le Horla... il est venu !...

Ah ! le vautour a mangé la colombe ; le loup a mangé le mouton ; le lion a dévoré le buffle aux cornes aiguës ; l'homme a tué le lion avec la flèche, avec le glaive, avec la poudre ; mais le Horla va faire de l'homme ce que nous avons fait du cheval et du bœuf : sa chose, son serviteur et sa nourriture, par la seule puissance de sa volonté. Malheur à nous !

Pourtant, l'animal, quelquefois, se révolte et tue celui qui l'a dompté... moi aussi je veux... je pourrai... mais il faut le connaître, le toucher, le voir ! Les savants disent que l'œil de la bête, différent du nôtre, ne distingue point comme le nôtre... Et mon œil à moi ne peut distinguer le nouveau venu qui m'opprime.

Pourquoi ? Oh ! je me rappelle à présent les paroles du moine du mont Saint-Michel : « Est-ce que nous voyons la cent millième partie de ce qui existe ? Tenez, voici le vent qui est la plus grande force de la nature, qui renverse les hommes, abat les édifices, déracine les arbres, soulève la mer en montagnes d'eau, détruit les falaises et jette aux brisants les grands navires, le vent qui tue, qui siffle, qui gémit, qui mugit, l'avez-vous vu et pouvez-vous le voir : il existe pourtant ! »

Et je songeais encore : mon œil est si faible, si imparfait, qu'il ne distingue même point les corps durs, s'ils sont transparents comme le verre !... Qu'une glace sans tain barre mon chemin, il me jette dessus comme l'oiseau entré dans une chambre se casse la tête aux vitres. Mille choses en outre le trompent et l'égarent ? Quoi d'étonnant, alors, à ce qu'il ne sache point apercevoir un corps nouveau que la lumière traverse.

Un être nouveau ! pourquoi pas ? Il devait venir assurément ! pourquoi serions-nous les derniers ! Nous ne le distinguons point, ainsi que tous les autres créés avant nous ? C'est que sa nature est plus parfaite, son corps plus fin et plus fini que le nôtre, que le nôtre si faible, si maladroitement conçu, encombré d'organes toujours fatigués, toujours forcés comme des ressorts trop complexes, que le nôtre, qui vit comme une plante et comme une bête, en se nourrissant péniblement d'air, d'herbe et de viande, machine animale en proie aux maladies, aux déformations, aux putréfactions, poussive, mal réglée, naïve et bizarre, ingénieusement mal faite, œuvre grossière et délicate, ébauche d'être qui pourrait devenir intelligent et superbe.

Nous sommes quelques-uns, si peu sur ce monde, depuis l'huître jusqu'à l'homme. Pourquoi pas un de plus, une fois accomplie la période qui sépare les apparitions successives de toutes les espèces diverses ?

Pourquoi pas un de plus ? Pourquoi pas aussi d'autres arbres aux fleurs immenses, éclatantes et parfumant des régions entières ? Pourquoi pas d'autres éléments que le feu, l'air, la terre et l'eau ? — Ils sont quatre, rien que quatre, ces pères nourriciers des êtres ! Quelle pitié ! Pourquoi ne sont-ils pas quarante, quatre cents, quatre mille ! Comme tout est pauvre, mesquin, misérable ! avarement donné, sèchement inventé, lourdement fait !

Ah ! l'éléphant, l'hippopotame, que de grâce !
Le chameau, que d'élégance !

Mais direz-vous, le papillon ! une fleur qui
vole ! J'en rêve un qui serait grand comme cent
univers, avec des ailes dont je ne puis même
exprimer la forme, la beauté, la couleur et le
mouvement. Mais je le vois... il va d'étoile en
étoile, les rafraîchissant et les embaumant au
souffle harmonieux et léger de sa course !... Et
les peuples de là-haut le regardent passer, exta-
siés et ravis !...

. . . .

Qu'ai-je donc ? C'est lui, lui, le Horla, qui
me hante, qui me fait penser ces folies ! Il est
en moi, il devient mon âme ; je le tuerai !

19 août. — Je le tuerai. Je l'ai vu ! je me
suis assis hier soir, à ma table ; et je fis semblant d'écrire avec une grande attention. Je
savais bien qu'il viendrait rôder autour de moi,
tout près, si près que je pourrais peut-être le
toucher, le saisir ? Et alors !... alors, j'aurais la
force des désespérés ; j'aurais mes mains, mes
genoux, ma poitrine, mon front, mes dents
pour l'étrangler, l'écraser, le mordre, le
déchirer.

Et je le guettais avec tous mes organes
surexcités.

J'avais allumé mes deux lampes et les huit

bougies de ma cheminée, comme si j'eusse pu, dans cette clarté, le découvrir.

En face de moi, mon lit, un vieux lit de chêne à colonnes ; à droite, ma cheminée ; à gauche, ma porte fermée avec soin, après l'avoir laissée longtemps ouverte, afin de l'attirer ; derrière moi, une très haute armoire à glace, qui me servait chaque jour pour me raser, pour m'habiller, et où j'avais coutume de me regarder, de la tête aux pieds, chaque fois que je passais devant.

Donc, je faisais semblant d'écrire, pour le tromper, car il m'épiait lui aussi ; et soudain, je sentis, je fus certain qu'il lisait par-dessus mon épaule, qu'il était là, frôlant mon oreille.

Je me dressai, les mains tendues, en me tournant si vite que je faillis tomber. Et bien ?... on y voyait comme en plein jour, et je ne me vis pas dans ma glace[1] !... Elle était vide, claire, profonde, pleine de lumière ! Mon image n'était pas dedans... et j'étais en face, moi ! Je voyais le grand verre limpide du haut en bas. Et je regardais cela avec des yeux affolés ; et je n'osais plus avancer, je n'osais plus faire un mouvement, sentant bien pourtant qu'il était là, mais qu'il m'échapperait encore, lui dont le corps imperceptible avait dévoré mon reflet.

---

1. Maupassant a déjà rapporté ce type d'hallucination négative dans *Lettre d'un fou* (1885). On peut imaginer que lui-même en a été victime.

Comme j'eus peur ! Puis voilà que tout à coup je commençai à m'apercevoir dans une brume, au fond du miroir, dans une brume comme à travers une nappe d'eau ; et il me semblait que cette eau glissait de gauche à droite, lentement, rendant plus précise mon image, de seconde en seconde. C'était comme la fin d'une éclipse. Ce qui me cachait ne paraissait point posséder de contours nettement arrêtés, mais une sorte de transparence opaque, s'éclaircissant peu à peu.

Je pus enfin me distinguer complètement, ainsi que je le fais chaque jour en me regardant.

Je l'avais vu ! L'épouvante m'en est restée, qui me fait encore frissonner.

20 août. — Le tuer, comment ? puisque je ne peux l'atteindre ? Le poison ? mais il me verrait le mêler à l'eau ; et nos poisons, d'ailleurs, auraient-ils un effet sur son corps imperceptible ? Non... non... sans aucun doute... Alors ?... alors ?...

21 août. — J'ai fait venir un serrurier de Rouen, et lui ai commandé pour ma chambre des persiennes de fer, comme en ont, à Paris, certains hôtels particuliers, au rez-de-chaussée, par crainte des voleurs. Il me fera, en outre, une porte pareille. Je me suis donné pour un poltron, mais je m'en moque !...

. . . .

10 septembre. — Rouen, hôtel Continental.
C'est fait... c'est fait... mais est-il mort ? J'ai
l'âme bouleversée de ce que j'ai vu.

Hier donc, le serrurier ayant posé ma persienne et ma porte de fer, j'ai laissé tout ouvert
jusqu'à minuit, bien qu'il commençât à faire
froid.

Tout à coup, j'ai senti qu'il était là, et une
joie, une joie folle m'a saisi. Je me suis levé
lentement, et j'ai marché à droite, à gauche,
longtemps pour qu'il ne devinât rien ; puis j'ai
ôté mes bottines et mis mes savates avec négli-
gence ; puis j'ai fermé ma persienne de fer, et
revenant à pas tranquilles vers la porte, j'ai
fermé la porte aussi à double tour. Retournant
alors vers la fenêtre, je la fixai par un cadenas,
dont je mis la clef dans ma poche.

Tout à coup, je compris qu'il s'agitait autour
de moi, qu'il avait peur à son tour, qu'il m'or-
donnait de lui ouvrir. Je faillis céder ; je ne
cédai pas, mais m'adossant à la porte, je l'en-
trebâillai, tout juste assez pour passer, moi, à
reculons ; et comme je suis très grand ma tête
touchait au linteau. J'étais sûr qu'il n'avait pu
s'échapper et je l'enfermai, tout seul, tout seul.
Quelle joie ! Je le tenais ! Alors, je descendis,
en courant ; je pris dans mon salon, sous ma
chambre, mes deux lampes et je renversai toute

l'huile sur le tapis, sur les meubles, partout ;
puis j'y mis le feu, et je me sauvai, après avoir
bien refermé, à double tour, la grande porte
d'entrée.

Et j'allai me cacher au fond de mon jardin,
dans un massif de lauriers. Comme ce fut
long ! comme ce fut long ! Tout était noir,
muet, immobile ; pas un souffle d'air, pas une
étoile, des montagnes de nuages qu'on ne
voyait point, mais qui pesaient sur mon âme si
lourds, si lourds.

Je regardais ma maison, et j'attendais.
Comme ce fut long ! Je croyais déjà que le feu
s'était éteint tout seul, ou qu'il l'avait éteint,
Lui, quand une des fenêtres d'en bas creva
sous la poussée de l'incendie, et une flamme,
une grande flamme rouge et jaune, longue,
molle, caressante, monta le long du mur blanc
et le baisa jusqu'au toit. Une lueur courut dans
les arbres, dans les branches, dans les feuilles,
et un frisson, un frisson de peur aussi. Les
oiseaux se réveillaient ; un chien se mit à hurler ; il me sembla que le jour se levait ! Deux
autres fenêtres éclatèrent aussitôt, et je vis que
tout le bas de ma demeure n'était plus qu'un
effrayant brasier. Mais un cri, un cri horrible,
suraigu, déchirant, un cri de femme passa dans
la nuit, et deux mansardes s'ouvrirent ! J'avais
oublié mes domestiques ! Je vis leurs faces
affolées, et leurs bras qui s'agitaient !...

Alors, éperdu d'horreur, je me mis à courir vers le village en hurlant : « Au secours ! au secours, au feu ! au feu ! » Je rencontrai des gens qui s'en venaient déjà et je retournai avec eux, pour voir !

La maison, maintenant, n'était plus qu'un bûcher horrible et magnifique, un bûcher monstrueux, éclairant toute la terre, un bûcher où brûlaient des hommes, et où il brûlait aussi, Lui, Lui, mon prisonnier, l'Être nouveau, le nouveau maître, le Horla !

Soudain le toit tout entier s'engloutit entre les murs, et un volcan de flammes jaillit jusqu'au ciel. Par toutes les fenêtres ouvertes sur la fournaise, je voyais la cuve de feu, et je pensais qu'il était là, dans ce four, mort...

« Mort ? Peut-être ?... Son corps ? son corps que le jour traversait n'était-il pas indestructible par les moyens qui tuent les nôtres ?

« S'il n'était pas mort ?... seul peut-être le temps a prise sur l'Être Invisible et Redoutable. Pourquoi ce corps transparent, ce corps inconnaissable, ce corps d'Esprit, s'il devait craindre, lui aussi, les maux, les blessures, les infirmités, la destruction prématurée ?

« La destruction prématurée ? toute l'épouvante humaine vient d'elle ! Après l'homme, le Horla. — Après celui qui peut mourir tous les jours, à toutes les heures, à toutes les

minutes, par tous les accidents, est venu celui
qui ne doit mourir qu'à son jour, à son heure,
à sa minute, parce qu'il a touché la limite
de son existence !

« Non... non... sans aucun doute, sans aucun
doute... il n'est pas mort... Alors... alors... il va
donc falloir que je me tue, moi !... »

. . . .

AMOUR

TROIS PAGES
DU « LIVRE D'UN CHASSEUR »

... Je viens de lire dans un fait divers de journal un drame de passion. Il l'a tuée, puis il s'est tué, donc il l'aimait[1]. Qu'importent Il et Elle ? Leur amour seul m'importe ; et il ne m'intéresse point parce qu'il m'attendrit ou parce qu'il m'étonne, ou parce qu'il m'émeut ou parce qu'il me fait songer, mais parce qu'il me rappelle un souvenir de ma jeunesse, un étrange souvenir de chasse où m'est apparu l'Amour comme apparaissaient aux premiers chrétiens des croix au milieu du ciel[2].

Je suis né avec tous les instincts et les sens de l'homme primitif tempérés par des raisonnements et des émotions de civilisé. J'aime la chasse avec passion ; et la bête saignante, le

1. Fait divers impossible à identifier, pratique courante au royaume de l'amour, même si, en général, l'un des deux intéressés se rate (voir *Hôtel du Nord*, de Carné).
2. Le *labarum* de Constantin : « in hoc signo vinces ».

sang sur les plumes, le sang sur mes mains, me crispent le cœur à le faire défaillir [1].

Cette année-là, vers la fin de l'automne, les froids arrivèrent brusquement, et je fus appelé par un de mes cousins, Karl de Rauville, pour venir avec lui tuer des canards dans les marais, au lever du jour.

Mon cousin, gaillard de quarante ans, roux, très fort et très barbu, gentilhomme de campagne, demi-brute aimable, d'un caractère gai, doué de cet esprit gaulois qui rend agréable la médiocrité, habitait une sorte de ferme-château dans une vallée large où coulait une rivière. Des bois couvraient les collines de droite et de gauche, vieux bois seigneuriaux où restaient des arbres magnifiques et où l'on trouvait les plus rares gibiers à plume de toute cette partie de la France. On y tuait des aigles quelquefois ; et les oiseaux de passage, ceux qui presque jamais ne viennent en nos pays trop peuplés, s'arrêtaient presque infailliblement dans ces branchages séculaires comme s'ils eussent connu ou reconnu un petit coin de forêt des anciens temps demeuré là pour leur servir d'abri en leur courte étape nocturne [2].

1. Quel sauvage !
2. Cette superbe évocation des « vieux bois seigneuriaux » et du marais de Karl de Rouville peut rivaliser (c'était peut-être l'intention de l'auteur) avec les plus belles pages de Tourgueniev et montre bien que la sensualité de Maupassant n'était pas seulement celle du boudoir et du chignon. Rappelons ce qu'écrivait à ce propos Henry James dans un article de 1888 :

Dans la vallée, c'étaient de grands herbages arrosés par des rigoles et séparés par des haies ; puis, plus loin, la rivière, canalisée jusque-là, s'épandait en un vaste marais. Ce marais, la plus admirable région de chasse que j'aie jamais vue, était tout le souci de mon cousin qui l'entretenait comme un parc. À travers l'immense peuple de roseaux qui le couvrait, le faisait vivant, bruissant, houleux, on avait tracé d'étroites avenues où les barques plates, conduites et dirigées avec des perches, passaient, muettes, sur l'eau morte, frôlaient les joncs, faisaient fuir les poissons rapides à travers les herbes et plonger les poules sauvages dont la tête noire et pointue disparaissait brusquement.

J'aime l'eau d'une passion désordonnée : la mer, bien que trop grande, trop remuante, impossible à posséder, les rivières si jolies mais qui passent, qui fuient, qui s'en vont, et les marais surtout où palpite toute l'existence inconnue des bêtes aquatiques. Le marais, c'est

---

« M. de Maupassant pense que le premier devoir d'un artiste, et ce qui le rend le plus utile à ses semblables, est de maîtriser son instrument, quel qu'il puisse être. Le sien est celui des sens et c'est à travers eux seuls, ou presque, que la vie lui parle, c'est grâce à leur aide quasi exclusive qu'il la décrit et qu'il produit des œuvres de grande qualité. S'il doit tellement à ses sens, c'est qu'ils sont, de toute évidence, extraordinairement présents dans sa constitution et il est bien rare de tomber sur une page, dans ses vingt volumes, qui ne témoigne de leur vivacité » (article repris *in extenso* dans l'édition « Folio classique » de *Pierre et Jean*, 1982).

un monde entier sur la terre, monde différent, qui a sa vie propre, ses habitants sédentaires, et ses voyageurs de passage, ses voix, ses bruits et son mystère surtout. Rien n'est plus troublant, plus inquiétant, plus effrayant, parfois, qu'un marécage. Pourquoi cette peur qui plane sur ces plaines basses couvertes d'eau ? Sont-ce les vagues rumeurs des roseaux, les étranges feux follets, le silence profond qui les enveloppe dans les nuits calmes, ou bien les brumes bizarres, qui traînent sur les joncs comme des robes de mortes, ou bien encore l'imperceptible clapotement, si léger, si doux, et plus terrifiant parfois que le canon des hommes ou que le tonnerre du ciel, qui fait ressembler les marais à des pays de rêve, à des pays redoutables, cachant un secret inconnaissable et dangereux.

Non. Autre chose s'en dégage, un autre mystère, plus profond, plus grave, flotte dans les brouillards épais, le mystère même de la création peut-être ! Car n'est-ce pas dans l'eau stagnante et fangeuse, dans la lourde humidité des terres mouillées sous la chaleur du soleil, que remua, que vibra, que s'ouvrit au jour le premier germe de vie ?

J'arrivai le soir chez mon cousin. Il gelait à fendre les pierres.

Pendant le dîner, dans la grande salle dont les buffets, les murs, le plafond étaient couverts d'oiseaux empaillés, aux ailes étendues, ou perchés sur des branches accrochées par des clous, éperviers, hérons, hiboux, engoulevents, buses, tiercelets, vautours, faucons, mon cousin, pareil lui-même à un étrange animal des pays froids, vêtu d'une jaquette en peau de phoque, me racontait les dispositions qu'il avait prises pour cette nuit même.

Nous devions partir à trois heures et demie du matin, afin d'arriver vers quatre heures et demie au point choisi pour notre affût. On avait construit à cet endroit une hutte avec des morceaux de glace pour nous abriter un peu contre le vent terrible qui précède le jour, ce vent chargé de froid qui déchire la chair comme des scies, la coupe comme des lames, la pique comme des aiguillons empoisonnés, la tord comme des tenailles, et la brûle comme du feu.

Mon cousin se frottait les mains : « Je n'ai jamais vu une gelée pareille, disait-il, nous avions douze degrés sous zéro à six heures du soir. »

J'allai me jeter sur mon lit aussitôt après le repas, et je m'endormis à la lueur d'une grande flamme flambant dans ma cheminée.

À trois heures sonnantes on me réveilla. J'endossai, à mon tour, une peau de mouton et je trouvai mon cousin Karl couvert d'une fourrure d'ours. Après avoir avalé chacun deux tasses de café brûlant suivies de deux verres de fine champagne, nous partîmes accompagnés d'un garde et de nos chiens : Plongeon et Pierrot.

Dès les premiers pas dehors, je me sentis glacé jusqu'aux os. C'était une de ces nuits où la terre semble morte de froid. L'air gelé devient résistant, palpable tant il fait mal ; aucun souffle ne l'agite ; il est figé, immobile ; il mord, traverse, dessèche, tue les arbres, les plantes, les insectes, les petits oiseaux eux-mêmes qui tombent des branches sur le sol dur, et deviennent durs aussi, comme lui, sous l'étreinte du froid.

La lune, à son dernier quartier, toute pen-chée sur le côté, toute pâle, paraissait défail-lante au milieu de l'espace, et si faible qu'elle ne pouvait plus s'en aller, qu'elle restait là-haut, saisie aussi, paralysée par la rigueur du ciel. Elle répandait une lumière sèche et triste sur le monde, cette lueur mourante et blafarde qu'elle nous jette chaque mois, à la fin de sa résurrection.

Nous allions, côte à côte, Karl et moi, le dos courbé, les mains dans nos poches et le fusil sous le bras. Nos chaussures enveloppées de laine afin de pouvoir marcher sans glisser sur la rivière gelée ne faisaient aucun bruit ; et je regardais la fumée blanche que faisait l'haleine de nos chiens.

Nous fûmes bientôt au bord du marais, et

nous nous engageâmes dans une des allées de roseaux secs qui s'avançait à travers cette forêt basse.

Nos coudes, frôlant les longues feuilles en rubans, laissaient derrière nous un léger bruit ; et je me sentis saisi, comme je ne l'avais jamais été, par l'émotion puissante et singulière que font naître en moi les marécages. Il était mort, celui-là, mort de froid, puisque nous marchions dessus, au milieu de son peuple de joncs desséchés.

Tout à coup, au détour d'une des allées, j'aperçus la hutte de glace qu'on avait construite pour nous mettre à l'abri. J'y entrai, et comme nous avions encore près d'une heure à attendre le réveil des oiseaux errants, je me roulai dans ma couverture pour essayer de me réchauffer.

Alors, couché sur le dos, je me mis à regarder la lune déformée, qui avait quatre cornes à travers les parois vaguement transparentes de cette maison polaire.

Mais le froid du marais gelé, le froid de ces murailles, le froid tombé du firmament me pénétra bientôt d'une façon si terrible, que je me mis à tousser.

Mon cousin Karl fut pris d'inquiétude : « Tant pis si nous ne tuons pas grand-chose aujourd'hui, dit-il, je ne veux pas que tu t'enrhumes ; nous allons faire du feu. » Et il donna l'ordre au garde de couper des roseaux.

On en fit un tas au milieu de notre hutte défoncée au sommet pour laisser échapper la fumée ; et lorsque la flamme rouge monta le long des cloisons claires de cristal, elles se mirent à fondre, doucement, à peine, comme si ces pierres de glace avaient sué. Karl, resté dehors, me cria : « Viens donc voir ! » Je sortis et je restai éperdu d'étonnement. Notre cabane, en forme de cône, avait l'air d'un monstrueux diamant au cœur de feu poussé soudain sur l'eau gelée du marais. Et dedans, on voyait deux formes fantastiques, celles de nos chiens qui se chauffaient.

Mais un cri bizarre, un cri perdu, un cri errant, passa sur nos têtes. La lueur de notre foyer réveillait les oiseaux sauvages.

Rien ne m'émeut comme cette première clameur de vie qu'on ne voit point et qui court dans l'air sombre, si vite, si loin, avant qu'apparaisse à l'horizon la première clarté des jours d'hiver. Il me semble à cette heure glaciale de l'aube, que ce cri fuyant emporté par les plumes d'une bête est un soupir de l'âme du monde !

Karl disait : « Éteignez le feu. Voici l'aurore. »

Le ciel en effet commençait à pâlir, et les

bandes de canards traînaient de longues taches rapides, vite effacées, sur le firmament.

Une lueur éclata dans la nuit, Karl venait de tirer ; et les deux chiens s'élancèrent.

Alors, de minute en minute, tantôt lui et tantôt moi, nous ajustions vivement dès qu'apparaissait au-dessus des roseaux l'ombre d'une tribu volante. Et Pierrot et Plongeon, essoufflés et joyeux, nous rapportaient des bêtes sanglantes dont l'œil quelquefois nous regardait encore.

Le jour s'était levé, un jour clair et bleu ; le soleil apparaissait au fond de la vallée et nous songions à repartir, quand deux oiseaux, le col droit et les ailes tendues, glissèrent brusquement sur nos têtes. Je tirai. Un d'eux tomba presque à mes pieds. C'était une sarcelle au ventre d'argent. Alors, dans l'espace au-dessus de moi, une voix, une voix d'oiseau cria. Ce fut une plainte courte, répétée, déchirante ; et la bête, la petite bête épargnée se mit à tourner dans le bleu du ciel au-dessus de nous en regardant sa compagne morte que je tenais entre mes mains.

Karl, à genoux, le fusil à l'épaule, l'œil ardent, la guettait, attendant qu'elle fût assez proche.

« Tu as tué la femelle, dit-il, le mâle ne s'en ira pas. »

Certes, il ne s'en allait point ; il tournoyait toujours, et pleurait autour de nous. Jamais gémissement de souffrance ne me déchira le cœur comme l'appel désolé, comme le reproche lamentable de ce pauvre animal perdu dans l'espace.

Parfois, il s'enfuyait sous la menace du fusil qui suivait son vol ; il semblait prêt à continuer sa route, tout seul à travers le ciel. Mais ne s'y pouvant décider il revenait bientôt pour chercher sa femelle.

« Laisse-la par terre, me dit Karl, il approchera tout à l'heure. »

Il approchait, en effet, insouciant du danger, affolé par son amour de bête pour l'autre bête que j'avais tuée.

Karl tira ; ce fut comme si on avait coupé la corde qui tenait suspendu l'oiseau. Je vis une chose noire qui tombait ; j'entendis dans les roseaux le bruit d'une chute. Et Pierrot me le rapporta.

Je les mis, froids déjà, dans le même carnier... et je repartis, ce jour-là, pour Paris.

. . . .

LE TROU

Coups et blessures, ayant occasionné la mort. Tel était le chef d'accusation qui faisait comparaître en cour d'assises le sieur Léopold Renard, tapissier.

Autour de lui les principaux témoins, la dame Flamèche, veuve de la victime, les nommés Louis Ladureau, ouvrier ébéniste, et Jean Durdent, plombier.

Près du criminel, sa femme en noir, petite, laide, l'air d'une guenon habillée en dame.

Et voici comment Renard (Léopold) raconte le drame :

*

Mon Dieu, c'est un malheur dont je fus tout le temps la première victime, et dont ma volonté n'est pour rien. Les faits se commentent d'eux-mêmes, m'sieu l' Président. Je suis un honnête homme, homme de travail, tapissier dans la même rue depuis seize ans, connu, aimé, respecté, considéré de tous, comme en ont attesté les voisins, même la concierge qui n'est pas folâtre tous les jours. J'aime le travail, j'aime l'épargne, j'aime les honnêtes gens et les plaisirs honnêtes. Voilà ce qui m'a perdu, tant pis pour moi ; ma volonté n'y étant pas, je continue à me respecter.

Donc, tous les dimanches, mon épouse que voilà et moi, depuis cinq ans, nous allons passer la journée à Poissy. Ça nous fait prendre l'air, sans compter que nous aimons la pêche à la ligne, oh ! mais là, nous l'aimons comme des petits oignons. C'est Mélie qui m'a donné cette passion-là, la rosse, et qu'elle y est plus emportée que moi, la teigne, vu que tout le mal vient d'elle en c't' affaire-là, comme vous l'allez voir par la suite.

Moi, je suis fort et doux, pas méchant pour deux sous. Mais elle ! oh ! là ! là ! ça n'a l'air de rien, c'est petit, c'est maigre ; eh bien ! c'est plus malfaisant qu'une fouine. Je ne nie pas qu'elle ait des qualités ; elle en a, et d'importantes pour un commerçant. Mais son caractère ! Parlez-en aux alentours, et même à la concierge qui m'a déchargé tout à l'heure... elle vous en dira des nouvelles.

Tous les jours elle me reprochait ma douceur : « C'est moi qui ne me laisserais pas faire ci ! C'est moi qui ne me laisserais pas faire ça. » En l'écoutant, m'sieu l' Président, j'aurais eu au moins trois duels au pugilat par mois...

Mme Renard l'interrompit : « Cause toujours ; rira bien qui rira l' dernier. »

Il se tourna vers elle avec candeur :

« Eh bien, j' peux t' charger puisque t'es pas en cause, toi... »

Puis, faisant de nouveau face au président :

Lors je continue. Donc nous allions à Poissy tous les samedis soir pour y pêcher dès l'aurore du lendemain. C'est une habitude pour nous qu'est devenue une seconde nature, comme on dit. J'avais découvert, voilà trois ans cet été, une place, mais une place ! Oh ! là ! là ! à l'ombre, huit pieds d'eau, au moins, p't' être dix, un trou, quoi, avec des retrous sous la berge, une vraie niche à poisson, un paradis pour le pêcheur. Ce trou-là, m'sieu l' Président, je pouvais le considérer comme à moi, vu que j'en étais le Christophe Colomb. Tout le monde le savait dans le pays, tout le monde sans opposition. On disait : « Ça, c'est la place à Renard » ; et personne n'y serait venu, pas même M. Plumeau, qu'est connu, soit dit sans l'offenser, pour chiper les places des autres.

Donc, sûr de mon endroit, j'y revenais comme un propriétaire. À peine arrivé, le samedi, je montais dans *Dalila*, avec mon épouse. — *Dalila* c'est ma norvégienne[1], un bateau que j'ai fait construire chez Fournaise[2], quéque chose de léger et de sûr. — Je dis que nous montons dans *Dalila*, et nous allons amorcer. Pour amorcer, il n'y a que moi, et ils le savent bien, les camaraux. — Vous me demanderez avec quoi j'amorce ? Je n' peux pas répondre. Ça ne touche point à l'accident ; je ne peux pas répondre, c'est mon secret. — Ils sont plus de deux cents qui me l'ont demandé. On m'en a offert des petits verres, et des fritures, et des matelotes pour me faire causer ! Mais va voir s'ils viennent, les chevesnes[3]. Ah ! oui, on m'a tapé sur le ventre pour la connaître, ma recette... Il n'y a que ma femme qui la sait... et elle ne la dira pas plus que moi !... Pas vrai, Mélie ?...

Le président l'interrompit.
« Arrivez au fait le plus tôt possible. »

1. La *norvégienne* est une barque à l'avant relevé et arrondi qui permet un plus facile accostage. On sait que dans la Bible, Dalila rend Samson inoffensif jusqu'au moment où celui-ci retrouve sa force.
2. Alphonse Fournaise était le patron de la Grenouillère. Renoir a laissé de sa fille, Alphonsine Fournaise, un portrait (aujourd'hui dans les collections du musée d'Orsay) qui n'est pas ce qu'il a fait de pire.
3. Le *chevesne* ou *chevaine* est un poisson de rivière, très supérieur, en tout cas par la taille (de 30 à 50 cm), au goujon des fritures traditionnelles. D'où la curiosité des « camaraux » (camarades, en langage populaire).

Le prévenu reprit : J'y viens, j'y viens. Donc le samedi 8 juillet, partis par le train de cinq heures vingt-cinq, nous allâmes, dès avant dîner, amorcer comme tous les samedis. Le temps s'annonçait bien. Je disais à Mélie : « Chouette, chouette pour demain ! » Et elle répondait : « Ça promet. » Nous ne causons jamais plus que ça ensemble.

Et puis, nous revenons dîner. J'étais content, j'avais soif. C'est cause de tout, m'sieu l' Président. Je dis à Mélie : « Tiens, Mélie, il fait beau, si je buvais une bouteille de *casque à mèche*[1]. » C'est un petit vin blanc que nous avons baptisé comme ça, parce que, si on en boit trop, il vous empêche de dormir et il remplace le casque à mèche. Vous comprenez.

Elle me répond : « Tu peux faire à ton idée, mais tu s'ras encore malade ; et tu ne pourras pas te lever demain. » Ça, c'était vrai, c'était sage, c'était prudent, c'était perspicace, je le confesse. Néanmoins, je ne sus pas me contenir ; et je la bus ma bouteille. Tout vint de là.

Donc, je ne pus pas dormir. Cristi ! je l'ai eu jusqu'à deux heures du matin, ce casque à mèche en jus de raisin. Et puis pouf, je m'endors, mais là je dors à n' pas entendre gueuler l'ange du jugement dernier.

---

1. Le *casque à mèche*, c'est le bonnet de coton, le bonnet de nuit qui serre la tête (comme le vin blanc) et empêche la mèche de tomber.

Bref, ma femme me réveille à six heures. Je saute du lit, j' passe vite et vite ma culotte et ma vareuse ; un coup d'eau sur le museau et nous sautons dans *Dalila*. Trop tard. Quand j'arrive à mon trou, il était pris ! Jamais ça n'était arrivé, m'sieu l' Président, jamais depuis trois ans ! Ça m'a fait un effet comme si on me dévalisait sous mes yeux. Je dis : « Nom d'un nom, d'un nom, d'un nom ! » Et v'là ma femme qui commence à me harceler. « Hein, ton casque à mèche ! Va donc, soûlot ! Es-tu content, grande bête ? »

Je ne disais rien ; c'était vrai, tout ça.

Je débarque tout de même près de l'endroit pour tâcher de profiter des restes. Et peut-être qu'il ne prendrait rien c't homme ? et qu'il s'en irait.

C'était un petit maigre, en coutil blanc, avec un grand chapeau de paille. Il avait aussi sa femme, une grosse qui faisait de la tapisserie derrière lui.

Quand elle nous vit nous installer près du lieu, v'là qu'elle murmure :

« Il n'y a donc pas d'autre place sur la rivière ? »

Et la mienne, qui rageait, de répondre :

« Les gens qu'ont du savoir-vivre s'informent des habitudes d'un pays avant d'occuper les endroits réservés. »

Comme je ne voulais pas d'histoires, je lui dis :

« Tais-toi, Mélie. Laisse faire, laisse faire. Nous verrons bien. »

Donc, nous avions mis *Dalila* sous les saules, nous étions descendus, et nous pêchions, coude à coude, Mélie et moi, juste à côté des deux autres.

Ici, m'sieu l' Président, il faut que j'entre dans le détail.

Y avait pas cinq minutes que nous étions là quand la ligne du voisin s' met à plonger deux fois, trois fois ; et puis voilà qu'il en amène un, de chevesne, gros comme ma cuisse, un peu moins p't' être, mais presque ! Moi, le cœur me bat ; j'ai une sueur aux tempes, et Mélie qui me dit : « Hein, pochard, l'as-tu vu, celui-là ! »

Sur ces entrefaites, M. Bru, l'épicier de Poissy, un amateur de goujon, lui, passe en barque et me crie : « On vous a pris votre endroit, monsieur Renard ? » Je lui réponds : « Oui, monsieur Bru, il y a dans ce monde des gens pas délicats qui ne savent pas les usages. »

Le petit coutil d'à côté avait l'air de ne pas entendre, sa femme non plus, sa grosse femme, un veau, quoi !

Le président interrompit une seconde fois : « Prenez garde ! Vous insultez Mme veuve Flamèche, ici présente. »

Renard s'excusa : « Pardon, pardon, c'est la passion qui m'emporte. »

Donc, il ne s'était pas écoulé un quart d'heure que le petit coutil en prit encore un, de chevesne — et un autre presque par-dessus, et encore un cinq minutes plus tard.

Moi, j'en avais les larmes aux yeux. Et puis je sentais Mme Renard en ébullition ; elle me lancicotait sans cesse : « Ah ! misère ! crois-tu qu'il te le vole, ton poisson ? Crois-tu ? Tu ne prendras rien, toi, pas une grenouille, rien de rien, rien. Tiens, j'ai du feu dans la main, rien que d'y penser. »

Moi, je me disais : « Attendons midi. Il ira déjeuner, ce braconnier-là, et je la reprendrai, ma place. » Vu que moi, m'sieu l' Président, je déjeune sur les lieux tous les dimanches. Nous apportons les provisions dans *Dalila*.

Ah ! ouiche. Midi sonne ! Il avait un poulet dans un journal, le malfaiteur, et pendant qu'il mange, v'là qu'il en prend encore un, de chevesne !

Mélie et moi nous cassions une croûte aussi, comme ça sur le pouce, presque rien, le cœur n'y était pas.

Alors, pour faire digestion, je prends mon journal. Tous les dimanches, comme ça, je lis le *Gil Blas*, à l'ombre, au bord de l'eau. C'est le jour de Colombine[1], vous savez bien, Colombine qu'écrit des articles dans le *Gil Blas*. J'avais coutume de faire enrager Mme Renard en prétendant la connaître, c'te Colombine. C'est pas vrai, je la connais pas, je ne l'ai jamais vue, n'importe, elle écrit bien ; et puis elle dit des choses rudement d'aplomb pour une femme. Moi, elle me va, y en a pas beaucoup dans son genre.

Voilà donc que je commence à asticoter mon épouse, mais elle se fâche tout de suite, et raide, encore. Donc je me tais.

C'est à ce moment qu'arrivent de l'autre côté de la rivière nos deux témoins que voilà, M. Ladureau et M. Durdent. Nous nous connaissions de vue.

Le petit s'était remis à pêcher. Il en prenait que j'en tremblais, moi. Et sa femme se met à dire : « La place est rudement bonne, nous y reviendrons toujours, Désiré ! »

Moi, je me sens un froid dans le dos. Et Mme Renard répétait : « T'es pas un homme, t'es pas un homme. T'as du sang de poulet dans les veines. »

Je lui dis soudain : « Tiens, j'aime mieux m'en aller, je ferais quelque bêtise. »

---

1. Colombine était, dans *Gil Blas*, le pseudonyme d'un certain Henry Fouquier, le prête-nom aussi de tel ou tel membre du journal.

Et elle me souffle, comme si elle m'eût mis un fer rouge sous le nez : « T'es pas un homme. V'là qu' tu fuis, maintenant, que tu rends la place ! Va donc, Bazaine[1] ! »

Là, je me suis senti touché. Cependant je ne bronche pas.

Mais l'autre, il lève une brème, oh ! jamais je n'en ai vu telle. Jamais !

Et r'voilà ma femme qui se met à parler haut, comme si elle pensait. Vous voyez d'ici la malice. Elle disait : « C'est ça qu'on peut appeler du poisson volé, vu que nous avons amorcé la place nous-mêmes. Il faudrait rendre au moins l'argent dépensé pour l'amorce. »

Alors, la grosse au petit coutil se mit à dire à son tour : « C'est à nous que vous en avez, madame ?

— J'en ai aux voleurs de poisson qui profitent de l'argent dépensé par les autres.

— C'est nous que vous appelez des voleurs de poisson ? »

Et voilà qu'elles s'expliquent, et puis qu'elles en viennent aux mots. Cristi, elles en savent, les gueuses, et de tapés. Elles gueulaient si fort que nos deux témoins, qui étaient sur l'autre berge, s' mettent à crier pour rigo-

---

1. Le vaincu de Metz. L'injure devait être courante à l'époque.

ler : « Eh ! là-bas, un peu de silence. Vous allez empêcher vos époux de pêcher. »

Le fait est que le petit coutil et moi, nous ne bougions pas plus que deux souches. Nous restions là, le nez sur l'eau, comme si nous n'avions pas entendu.

Cristi de cristi, nous entendions bien pourtant : « Vous n'êtes qu'une menteuse. — Vous n'êtes qu'une traînée. — Vous n'êtes qu'une roulure. — Vous n'êtes qu'une rouchie[1]. » Et va donc, et va donc. Un matelot n'en sait pas plus.

Soudain, j'entends un bruit derrière moi. Je me r'tourne. C'était l'autre, la grosse, qui tombait sur ma femme à coups d'ombrelle. Pan ! pan ! Mélie en r'çoit deux. Mais elle rage Mélie, et puis elle tape, quand elle rage. Elle vous attrape la grosse par les cheveux, et puis v'lan, v'lan, v'lan, des gifles qui pleuvaient comme des prunes.

Moi, je les aurais laissé faire. Les femmes entre elles, les hommes entre eux. Il ne faut pas mêler les coups. Mais le petit coutil se lève comme un diable et puis il veut sauter sur ma femme. Ah ! mais non ! ah ! mais non ! pas de ça, camarade. Moi je le reçois sur le bout de

---

1. Une *rouchie* : en argot une débauchée, une traînée. Le dialogue et la bagarre des deux mégères sont particulièrement réussis.

mon poing, cet oiseau-là. Et gnon, et gnon. Un dans le nez, l'autre dans le ventre. Il lève les bras, il lève la jambe et il tombe sur le dos, en pleine rivière, juste dans l' trou.

Je l'aurais repêché pour sûr, m'sieu l' Président, si j'avais eu le temps tout de suite. Mais, pour comble, la grosse prenait le dessus, et elle vous tripotait Mélie de la belle façon. Je sais bien que j'aurais pas dû la secourir pendant que l'autre buvait son coup. Mais je ne pensais pas qu'il se serait noyé. Je me disais : « Bah ! ça le rafraîchira ! »

Je cours donc aux femmes pour les séparer. Et j'en reçois des gnons, des coups d'ongles et des coups de dents. Cristi, quelles rosses !

Bref, il me fallut bien cinq minutes, peut-être dix, pour séparer ces deux crampons-là.

J' me r'tourne. Pu rien. L'eau calme comme un lac. Et les autres là-bas qui criaient : « Re-pêchez-le, repêchez-le. »

C'est bon à dire, ça, mais je ne sais pas nager moi, et plonger encore moins, pour sûr !

Enfin le barragiste est venu et deux mes-sieurs avec des gaffes, ça avait bien duré un grand quart d'heure. On l'a retrouvé au fond du trou, sous huit pieds d'eau, comme j'avais dit, mais il y était le petit coutil !

Voilà les faits tels que je les jure. Je suis innocent, sur l'honneur.

*

Les témoins ayant déposé dans le même sens, le prévenu fut acquitté.

CLOCHETTE

Sont-ils étranges, ces anciens souvenirs qui vous hantent sans qu'on puisse se défaire d'eux !

Celui-là est si vieux, si vieux que je ne saurais comprendre comment il est resté si vif et si tenace dans mon esprit. J'ai vu depuis tant de choses sinistres, émouvantes ou terribles, que je m'étonne de ne pouvoir passer un jour, un seul jour, sans que la figure de la mère Clochette ne se retrace devant mes yeux, telle que je la connus, autrefois, voilà si longtemps, quand j'avais dix ou douze ans.

C'était une vieille couturière qui venait une fois par semaine, tous les mardis, raccommoder le linge chez mes parents. Mes parents habitaient une de ces demeures de campagne appelées châteaux, et qui sont simplement d'antiques maisons à toit aigu, dont dépendent quatre ou cinq fermes groupées autour.

Le village, un gros village, un bourg, apparaissait à quelques centaines de mètres, serré autour de l'église, une église de briques rouges devenues noires avec le temps.

Donc, tous les mardis, la mère Clochette arrivait entre six heures et demie et sept heures du matin et montait aussitôt dans la lingerie se mettre au travail.

C'était une haute femme maigre, barbue, ou plutôt poilue, car elle avait de la barbe sur toute la figure, une barbe surprenante, inattendue, poussée par bouquets invraisemblables, par touffes frisées qui semblaient semées par un fou à travers ce grand visage de gendarme en jupes. Elle en avait sur le nez, sous le nez, autour du nez, sur le menton, sur les joues ; et ses sourcils d'une épaisseur et d'une longueur extravagantes, tout gris, touffus, hérissés, avaient tout à fait l'air d'une paire de moustaches placées là par erreur[1].

Elle boitait, non pas comme boitent les estropiés ordinaires, mais comme un navire à l'ancre. Quand elle posait sur sa bonne jambe son grand corps osseux et dévié, elle semblait prendre son élan pour monter sur une vague monstrueuse, puis, tout à coup, elle plongeait comme pour disparaître dans un abîme, elle s'enfonçait dans le sol. Sa marche éveillait

---

1. Cette extravagante pilosité est peut-être liée à la virginité de l'héroïne. Les vieilles filles sont fréquemment barbues, surtout, selon nos observations, à la campagne.

bien l'idée d'une tempête, tant elle se balançait
en même temps ; et sa tête toujours coiffée
d'un énorme bonnet blanc, dont les rubans lui
flottaient dans le dos, semblait traverser l'horizon, du nord au sud et du sud au nord, à chacun
de ses mouvements.

J'adorais cette mère Clochette. Aussitôt levé
je montais dans la lingerie où je la trouvais installée à coudre, une chaufferette sous les pieds.
Dès que j'arrivais, elle me forçait à prendre
cette chaufferette et à m'asseoir dessus pour ne
pas m'enrhumer dans cette vaste pièce froide,
placée sous le toit.

« Ça te tire le sang de la gorge », disait-elle.

Elle me contait des histoires, tout en repri-
sant le linge avec ses longs doigts crochus, qui
étaient vifs ; ses yeux derrière ses lunettes aux
verres grossissants, car l'âge avait affaibli sa
vue, me paraissaient énormes, étrangement
profonds, doubles.

Elle avait, autant que je puis me rappeler les
choses qu'elle me disait et dont mon cœur
d'enfant était remué, une âme magnanime de
pauvre femme. Elle voyait gros et simple. Elle
me contait les événements du bourg, l'histoire
d'une vache qui s'était sauvée de l'étable et
qu'on avait retrouvée, un matin, devant le
moulin de Prosper Malet, regardant tourner les
ailes de bois, ou l'histoire d'un œuf de poule
découvert dans le clocher de l'église sans

qu'on eût jamais compris quelle bête était
venue le pondre là, ou l'histoire du chien de
Jean-Jean Pilas, qui avait été reprendre à dix
lieues du village la culotte de son maître volée
par un passant tandis qu'elle séchait devant la
porte après une course à la pluie. Elle me contait ces naïves aventures de telle façon qu'elles
prenaient en mon esprit des proportions de dra-
mes inoubliables, de poèmes grandioses et
mystérieux ; et les contes ingénieux inventés
par des poètes et que me narrait ma mère, le
soir, n'avaient point cette saveur, cette
ampleur, cette puissance des récits de la paysanne [1].

Or, un mardi, comme j'avais passé toute la
matinée à écouter la mère Clochette, je voulus
remonter près d'elle, dans la journée, après
avoir été cueillir des noisettes avec le domestique, au bois des Hallets, derrière la ferme de
Noirpré. Je me rappelle tout cela aussi nettement que les choses d'hier.

Or, en ouvrant la porte de la lingerie, j'aperçus la vieille couturière étendue sur le sol, à
côté de sa chaise, la face par terre, les bras
allongés, tenant encore son aiguille d'une

---

1. Comme un peu plus loin la mort de la vieille couturière,
tous ces détails, où l'on peut voir l'écho d'*Un cœur simple*, sonnent admirablement vrai et nous paraissent faire de cette nouvelle un des chefs-d'œuvre de Maupassant.

main, et de l'autre, une de mes chemises. Une de ses jambes, dans un bas bleu, la grande sans doute, s'allongeait sous sa chaise ; et les lunettes brillaient au pied de la muraille, ayant roulé loin d'elle.

Je me sauvai en poussant des cris aigus. On accourut ; et j'appris au bout de quelques minutes que la mère Clochette était morte.

Je ne saurais dire l'émotion profonde, poignante, terrible, qui crispa mon cœur d'enfant. Je descendis à petits pas dans le salon et j'allai me cacher dans un coin sombre, au fond d'une immense et antique bergère où je me mis à genoux pour pleurer. Je restai là longtemps sans doute, car la nuit vint.

Tout à coup on entra avec une lampe, mais on ne me vit pas et j'entendis mon père et ma mère causer avec le médecin, dont je reconnus la voix.

On l'avait été chercher bien vite et il expliquait les causes de l'accident. Je n'y compris rien d'ailleurs. Puis il s'assit, et accepta un verre de liqueur avec un biscuit.

Il parlait toujours ; et ce qu'il dit alors me reste et me restera gravé dans l'âme jusqu'à ma mort ! Je crois que je puis reproduire même presque absolument les termes dont il se servit.

Ah ! disait-il, la pauvre femme ! ce fut ici ma première cliente. Elle se cassa la jambe le jour de mon arrivée et je n'avais pas eu le temps de me laver les mains en descendant de la diligence quand on vint me quérir en toute hâte, car c'était grave, très grave.

Elle avait dix-sept ans, et c'était une très belle fille, très belle, très belle ! L'aurait-on cru ? Quant à son histoire, je ne l'ai jamais dite ; et personne hors moi et un autre qui n'est plus dans le pays ne l'a jamais sue. Maintenant qu'elle est morte, je puis être moins discret.

À cette époque-là venait de s'installer, dans le bourg, un jeune aide-instituteur qui avait une jolie figure et une belle taille de sous-officier. Toutes les filles lui couraient après, et il faisait le dédaigneux, ayant grand-peur d'ailleurs du maître d'école, son supérieur, le père Grabu, qui n'était pas bien levé tous les jours.

Le père Grabu employait déjà comme couturière la belle Hortense, qui vient de mourir chez vous et qu'on baptisa plus tard Clochette, après son accident. L'aide-instituteur distingua cette belle fillette, qui fut sans doute flattée d'être choisie par cet imprenable conquérant ; toujours est-il qu'elle l'aima, et qu'il obtint un premier rendez-vous, dans le grenier de l'école, à la fin d'un jour de couture, la nuit venue.

Elle fit donc semblant de rentrer chez elle, mais au lieu de descendre l'escalier en sortant de chez les Grabu, elle le monta, et alla se cacher dans le foin, pour attendre son amoureux. Il l'y rejoignit bientôt, et il commençait à lui conter fleurette, quand la porte de ce grenier s'ouvrit à nouveau et le maître d'école parut et demanda :

« Qu'est-ce que vous faites là-haut, Sigisbert ? »

Sentant qu'il serait pris, le jeune instituteur, affolé, répondit stupidement :

« J'étais monté me reposer un peu sur les bottes, monsieur Grabu. »

Ce grenier était très grand, très vaste, absolument noir ; et Sigisbert poussait vers le fond la jeune fille effarée, en répétant : « Allez là-bas, cachez-vous. Je vais perdre ma place, sauvez-vous, cachez-vous ! »

Le maître d'école entendant murmurer, reprit : « Vous n'êtes donc pas seul ici ?

— Mais oui, monsieur Grabu !

— Mais non, puisque vous parlez.

— Je vous jure que oui, monsieur Grabu.

— C'est ce que je vais savoir », reprit le vieux ; et fermant la porte à double tour, il descendit chercher une chandelle.

Alors le jeune homme, un lâche comme on en trouve souvent, perdit la tête et il répétait, paraît-il, devenu furieux tout à coup : « Mais cachez-vous, qu'il ne vous trouve pas. Vous allez me mettre sans pain pour toute ma vie.

Vous allez briser ma carrière... Cachez-vous donc ! »

On entendait la clef qui tournait de nouveau dans la serrure.

Hortense courut à la lucarne qui donnait sur la rue, l'ouvrit brusquement, puis, d'une voix basse et résolue :

« Vous viendrez me ramasser quand il sera parti », dit-elle.

Et elle sauta.

Le père Grabu ne trouva personne et redescendit, fort surpris.

Un quart d'heure plus tard, M. Sigisbert entrait chez moi et me contait son aventure. La jeune fille était restée au pied du mur incapable de se lever, étant tombée de deux étages. J'allai la chercher avec lui. Il pleuvait à verse, et j'apportai chez moi cette malheureuse dont la jambe droite était brisée à trois places, et dont les os avaient crevé les chairs. Elle ne se plaignait pas et disait seulement avec une admirable résignation : « Je suis punie, bien punie ! »

Je fis venir du secours et les parents de l'ouvrière, à qui je contai la fable d'une voiture emportée qui l'avait renversée et estropiée devant ma porte.

On me crut, et la gendarmerie chercha en vain, pendant un mois, l'auteur de cet accident.

Voilà ! Et je dis que cette femme fut une

héroïne, de la race de celles qui accomplissent les plus belles actions historiques.

Ce fut là son seul amour. Elle est morte vierge. C'est une martyre, une grande âme, une Dévouée sublime ! Et si je ne l'admirais pas absolument je ne vous aurais pas conté cette histoire, que je n'ai jamais voulu dire à personne pendant sa vie, vous comprenez pourquoi.

Le médecin s'était tu. Maman pleurait. Papa prononça quelques mots que je ne saisis pas bien ; puis ils s'en allèrent.

Et je restai à genoux sur ma bergère, sanglotant, pendant que j'entendais un bruit étrange de pas lourds et de heurts dans l'escalier.

On emportait le corps de Clochette.

LE MARQUIS DE FUMEROL

Roger de Tourneville, au milieu du cercle de ses amis, parlait, à cheval sur une chaise, il tenait un cigare à la main, et, de temps en temps, aspirait et soufflait un petit nuage de fumée.

*

... Nous étions à table quand on apporta une lettre. Papa l'ouvrit. Vous connaissez bien papa qui croit faire l'intérim du Roy, en France. Moi, je l'appelle don Quichotte parce qu'il s'est battu pendant douze ans contre le moulin à vent de la République sans bien savoir si c'était au nom des Bourbons ou bien au nom des Orléans. Aujourd'hui il tient la lance au nom des Orléans seuls, parce qu'il n'y a plus qu'eux [1]. Dans tous les cas, papa se croit

---

1. Le dernier des Bourbons, le comte de Chambord, étant mort en 1883 sans enfants, le prétendant ne pouvait être qu'un Orléans, le comte de Paris.

le premier gentilhomme de France, le plus connu, le plus influent, le chef du parti ; et comme il est sénateur inamovible, il considère les Rois des environs comme ayant des trônes peu sûrs.

Quant à maman, c'est l'âme de papa, c'est l'âme de la royauté et de la religion, le bras droit de Dieu sur terre, et le fléau des mal-pensants.

Donc on apporta une lettre pendant que nous étions à table. Papa l'ouvrit, la lut ; puis il regarda maman et lui dit : « Ton frère est à l'article de la mort. » Maman pâlit. Presque jamais on ne parlait de mon oncle dans la maison. Moi je ne le connaissais pas du tout. Je savais seulement par la voix publique qu'il avait mené et menait encore une vie de polichinelle. Ayant mangé sa fortune avec un nombre incalculable de femmes, il n'avait conservé que deux maîtresses avec lesquelles il vivait dans un petit appartement, rue des Martyrs.

Ancien pair de France, ancien colonel de cavalerie, il ne croyait, disait-on, ni à Dieu ni à diable. Doutant donc de la vie future, il avait abusé, de toutes les façons, de la vie présente ; et il était devenu la plaie vive du cœur de maman.

Elle dit : « Donnez-moi cette lettre, Paul. »

Quand elle eut fini de la lire, je la demandai à mon tour. La voici :

« Monsieur le comte, je croi devoir vou faire asavoir que votre bôfrère le marqui de Fume-rold va mourir. Peut etre voudré vous prendre des disposition, et ne pas oublié que je vous ai prévenu [1].

« Votre servante,

« MÉLANI. »

Papa murmura : « Il faut aviser. Dans ma situation, je dois veiller sur les derniers moments de votre frère. »

Maman reprit : « Je vais faire chercher l'abbé Poivron et lui demander conseil. Puis j'irai trouver mon frère avec l'abbé et Roger. Vous, Paul, restez ici. Il ne faut pas vous com-promettre. Une femme peut faire et doit faire ces choses-là. Mais pour un homme politique dans votre position, c'est autre chose. Un adversaire aurait beau jeu à se servir contre vous de la plus louable de vos actions.

— Vous avez raison, dit mon père. Faites suivant votre inspiration, ma chère amie. »

Un quart d'heure plus tard, l'abbé Poivron entrait dans le salon, et la situation fut exposée, analysée, discutée sous toutes ses faces.

Si le marquis de Fumerol, un des grands noms de France, mourait sans les secours de la religion, le coup assurément serait terrible pour

---

1. « Mélani » espère visiblement une petite récompense.

la noblesse en général et pour le comte de Tourneville en particulier. Les libres penseurs triompheraient. Les mauvais journaux chanteraient victoire pendant six mois ; le nom de ma mère serait traîné dans la boue et dans la prose des feuilles socialistes ; celui de mon père éclaboussé. Il était impossible qu'une pareille chose arrivât.

Donc une croisade fut immédiatement décidée qui serait conduite par l'abbé Poivron[1], petit prêtre gras et propre, vaguement parfumé, un vrai vicaire de grande église dans un quartier noble et riche.

Un landau fut attelé et nous voici partis tous trois, maman, le curé et moi, pour administrer mon oncle.

Il avait été décidé qu'on verrait d'abord Mme Mélanie, auteur de la lettre et qui devait être la concierge ou la servante de mon oncle.

Je descendis en éclaireur devant une maison à sept étages et j'entrai dans un couloir sombre où j'eus beaucoup de mal à découvrir le trou obscur du portier. Cet homme me toisa avec méfiance.

---

1. Poivron : quel nom pour ce « petit prêtre gras et propre, vaguement parfumé » dont la silhouette aurait enchanté Stendhal ! Maupassant choisit en général assez mal le nom de ses personnages mais, ici, il a mis dans le mille.

Je demandai : « Mme Mélanie, s'il vous plaît ?

— Connais pas !

— Mais, j'ai reçu une lettre d'elle.

— C'est possible, mais connais pas. C'est quelque entretenue que vous demandez ?

— Non, une bonne, probablement. Elle m'a écrit pour une place.

— Une bonne ?... Une bonne ?... P' t-être la celle au marquis. Allez voir, cintième à gauche. »

Du moment que je ne demandais pas une entretenue, il était devenu plus aimable et il vint jusqu'au couloir. C'était un grand maigre avec des favoris blancs, un air bedeau et des gestes majestueux.

Je grimpai en courant un long limaçon poisseux d'escalier dont je n'osais toucher la rampe et je frappai trois coups discrets à la porte de gauche du cinquième étage.

Elle s'ouvrit aussitôt ; et une femme malpropre, énorme, se trouva devant moi barrant l'entrée de ses bras ouverts qui s'appuyaient aux deux portants.

Elle grogna : « Qu'est-ce que vous demandez ?

— Vous êtes madame Mélanie ?

— Oui.

— Je suis le vicomte de Tourneville.

— Ah bon ! Entrez.

— C'est que... maman est en bas avec un prêtre.

— Ah bon... Allez les chercher. Mais prenez garde au portier. »

Je descendis et je remontai avec maman que suivait l'abbé. Il me sembla que j'entendais d'autres pas derrière nous.

Dès que nous fûmes dans la cuisine, Mélanie nous offrit des chaises et nous nous assîmes tous les quatre pour délibérer.

« Il est bien bas ? demanda maman.

— Ah oui, madame, il n'en a pas pour longtemps.

— Est-ce qu'il semble disposé à recevoir la visite d'un prêtre ?

— Oh !... je ne crois pas.

— Puis-je le voir ?

— Mais... oui... madame... seulement... seulement... ces demoiselles sont auprès de lui.

— Quelles demoiselles ?

— Mais... mais... ses bonnes amies donc.

— Ah ! »

Maman était devenue toute rouge.

L'abbé Poivron avait baissé les yeux.

Cela commençait à m'amuser et je dis :

« Si j'entrais le premier ? Je verrai comment il me recevra et je pourrai peut-être préparer son cœur. »

Maman, qui n'y entendait pas malice, répondit :

« Oui, mon enfant. »

Mais une porte s'ouvrit quelque part et une voix, une voix de femme cria :

« Mélanie ! »

La grosse bonne s'élança, répondit :

« Qu'est-ce qu'il faut, mam'zelle Claire ?

— L'omelette, bien vite.

— Dans une minute, mam'zelle. »

Et revenant vers nous, elle expliqua cet appel :

« C'est une omelette au fromage qu'elles m'ont commandée pour deux heures comme collation. »

Et tout de suite elle cassa les œufs dans un saladier et se mit à les battre avec ardeur.

Moi, je sortis sur l'escalier et je tirai la sonnette afin d'annoncer mon arrivée officielle.

Mélanie m'ouvrit, me fit asseoir dans une antichambre, alla dire à mon oncle que j'étais là, puis revint me prier d'entrer.

L'abbé se cacha derrière la porte pour paraître au premier signe.

Assurément, je fus surpris en voyant mon oncle. Il était très beau, très solennel, très chic, ce vieux viveur.

Assis, presque couché dans un grand fauteuil, les jambes enveloppées d'une couverture, les mains, de longues mains pâles, pendantes sur les bras du siège, il attendait la mort avec une dignité biblique. Sa barbe blanche tombait sur sa poitrine, et ses cheveux, tout blancs aussi, la rejoignaient sur les joues.

Debout, derrière son fauteuil, comme pour le défendre contre moi, deux jeunes femmes, deux grasses petites femmes, me regardaient avec des yeux hardis de filles. En jupe et en peignoir, bras nus, avec des cheveux noirs à la diable sur la nuque, chaussées de savates orientales à broderies d'or qui montraient les chevilles et les bas de soie, elles avaient l'air, auprès de ce moribond, des figures immorales d'une peinture symbolique. Entre le fauteuil et le lit, une petite table portant une nappe, deux assiettes, deux verres, deux fourchettes et deux couteaux, attendait l'omelette au fromage commandée tout à l'heure à Mélanie[1].

Mon oncle dit d'une voix faible, essoufflée, mais nette :

« Bonjour, mon enfant. Il est tard pour me venir voir. Notre connaissance ne sera pas longue. »

Je balbutiai : « Mon oncle, ce n'est pas ma faute... »

Il répondit : « Non. Je le sais. C'est la faute de ton père et de ta mère plus que la tienne... Comment vont-ils ?

---

1. Une vraie trouvaille macabre, cette histoire d'omelette au fromage que dévorent les deux filles près du « vieux viveur » qui attend « la mort avec une dignité biblique ».

— Pas mal, je vous remercie. Quand ils ont appris que vous étiez malade, ils m'ont envoyé prendre de vos nouvelles.

— Ah ! Pourquoi ne sont-ils pas venus eux-mêmes ? »

Je levai les yeux sur les deux filles, et je dis doucement : « Ce n'est pas de leur faute s'ils n'ont pu venir, mon oncle. Mais il serait difficile pour mon père, et impossible pour ma mère d'entrer ici... »

Le vieillard ne répondit rien, mais souleva sa main vers la mienne. Je pris cette main pâle et froide et je la gardai.

La porte s'ouvrit : Mélanie entra avec l'omelette et la posa sur la table. Les deux femmes aussitôt s'assirent devant leurs assiettes et se mirent à manger sans détourner les yeux de moi.

Je dis : « Mon oncle, ce serait une grande joie pour ma mère de vous embrasser. »

Il murmura : « Moi aussi... je voudrais... » Il se tut. Je ne trouvais rien à lui proposer, et on n'entendait plus que le bruit des fourchettes sur la porcelaine et ce vague mouvement des bouches qui mâchent.

Or l'abbé, qui écoutait derrière la porte, voyant notre embarras et croyant la partie gagnée, jugea le moment venu d'intervenir, et il se montra.

Mon oncle fut tellement stupéfait de cette

apparition qu'il demeura d'abord immobile ;
puis il ouvrit la bouche comme s'il voulait avaler le prêtre ; puis il cria d'une voix forte, profonde, furieuse :

« Que venez-vous faire ici ? »

L'abbé, accoutumé aux situations difficiles,
avançait toujours, murmurant :

« Je viens au nom de votre sœur, monsieur
le marquis ; c'est elle qui m'envoie... Elle
serait si heureuse, monsieur le marquis... »

Mais le marquis n'écoutait pas. Levant une
main il indiquait la porte d'un geste tragique et
superbe, et il disait exaspéré, haletant :

« Sortez d'ici... sortez d'ici... voleurs
d'âmes... Sortez d'ici, violeurs de cons-
ciences... Sortez d'ici, crocheteurs de portes
des moribonds ! »

Et l'abbé reculait, et moi aussi, je reculais
vers la porte, battant en retraite avec mon cler-
gé ; et, vengées, les deux petites femmes
s'étaient levées, laissant leur omelette à demi
mangée, et elles s'étaient placées des deux
côtés du fauteuil de mon oncle, posant leurs
mains sur ses bras pour le calmer, pour le pro-
téger contre les entreprises criminelles de la
Famille et de la Religion.

L'abbé et moi nous rejoignîmes maman dans
la cuisine. Et Mélanie de nouveau nous offrit
des chaises.

« Je savais bien que ça n'irait pas tout seul,

disait-elle. Il faut trouver autre chose, autrement il nous échappera. »

Et on recommença à délibérer. Maman avait
un avis ; l'abbé en soutenait un autre. J'en
apportais un troisième.

Nous discutions à voix basse depuis une
demi-heure peut-être quand un grand bruit de
meubles remués et des cris poussés par mon
oncle, plus véhéments et plus terribles encore
que les premiers, nous firent nous dresser tous
les quatre.

Nous entendions à travers les portes et les
cloisons : « Dehors... dehors... manants... cuis-
tres... dehors gredins... dehors... dehors. »

Mélanie se précipita, puis revint aussitôt
m'appeler à l'aide. J'accourus. En face de
mon oncle soulevé par la colère, presque
debout et vociférant, deux hommes, l'un derrière l'autre, semblaient attendre qu'il fût mort
de fureur.

À sa longue redingote ridicule, à ses longs
souliers anglais, à son air d'instituteur sans
place, à son col droit et à sa cravate blanche, à
ses cheveux plats, à sa figure humble de faux
prêtre d'une religion bâtarde, je reconnus aussitôt le premier pour un pasteur protestant.

Le second était le concierge de la maison
qui, appartenant au culte réformé, nous avait
suivis, avait vu notre défaite, et avait couru

chercher son prêtre à lui, dans l'espoir d'un meilleur sort[1].

Mon oncle semblait fou de rage ! Si la vue du prêtre catholique, du prêtre de ses ancêtres, avait irrité le marquis de Fumerol devenu libre penseur, l'aspect du ministre de son portier le mettait tout à fait hors de lui.

Je saisis par les bras les deux hommes et je les jetai dehors si brusquement qu'ils s'embrassèrent avec violence deux fois de suite, au passage des deux portes qui conduisaient à l'escalier.

Puis je disparus à mon tour et je rentrai dans la cuisine, notre quartier général, afin de prendre conseil de ma mère et de l'abbé.

Mais Mélanie, effarée, rentra en gémissant : « Il meurt... il meurt... venez vite... il meurt... »

Ma mère s'élança. Mon oncle était tombé par terre, tout au long sur le parquet, et il ne remuait plus. Je crois bien qu'il était déjà mort.

Maman fut superbe à cet instant-là ! Elle marcha droit sur les deux filles agenouillées auprès du corps et qui cherchaient à le soulever. Et leur montrant la porte avec une autorité,

1. On notera le rôle du concierge et que les pasteurs pratiquent la conversion forcée avec autant de zèle que les prêtres catholiques. Louis Forestier rappelle qu'avec *L'Évangéliste*, paru en 1883, Alphonse Daudet avait donné une « éclatante peinture » du prosélytisme des ministres de la religion réformée.

une dignité, une majesté irrésistibles, elle prononça :

« C'est à vous de sortir, maintenant. »

Et elles sortirent, sans protester, sans dire un mot. Il faut ajouter que je me disposais à les expulser avec la même vivacité que le pasteur et le concierge.

Alors l'abbé Poivron administra mon oncle avec toutes les prières d'usage, et lui remit ses péchés.

Maman sanglotait, prosternée près de son frère.

Tout à coup elle s'écria :

« Il m'a reconnue. Il m'a serré la main. Je suis sûre qu'il m'a reconnue ! ! !... et qu'il m'a remerciée ! oh, mon Dieu ! quelle joie ! »

Pauvre maman ! Si elle avait compris ou deviné à qui et à quoi ce remerciement-là devait s'adresser !

On coucha l'oncle sur son lit. Il était bien mort cette fois.

« Madame, dit Mélanie, nous n'avons pas de draps pour l'ensevelir. Tout le linge appartient à ces demoiselles. »

Moi je regardais l'omelette qu'elles n'avaient point fini de manger, et j'avais en même temps envie de pleurer et de rire. Il y a de drôles d'instants et de drôles de sensations, parfois, dans la vie !

Or, nous avons fait à mon oncle des funérail-
les magnifiques, avec cinq discours sur la
tombe. Le sénateur baron de Croisselles a
prouvé, en termes admirables, que Dieu toujours rentre victorieux dans les âmes de race un
instant égarées. Tous les membres du parti
royaliste et catholique suivaient le convoi avec
un enthousiasme de triomphateurs, en parlant
de cette belle mort après cette vie un peu
troublée.

*

Le vicomte Roger s'était tu. On riait autour
de lui. Quelqu'un dit : « Bah ! c'est là l'histoire
de toutes les conversions *in extremis*. »

LE SIGNE

La petite marquise de Rennedon dormait
encore, dans sa chambre close et parfumée,
dans son grand lit doux et bas, dans ses draps
de batiste légère, fine comme une dentelle,
caressants comme un baiser ; elle dormait
seule, tranquille, de l'heureux et profond sommeil des divorcées.

Des voix la réveillèrent qui parlaient vivement dans le petit salon bleu. Elle reconnut son
amie chère, la petite [1] baronne de Grangerie, se
disputant pour entrer avec la femme de chambre qui défendait la porte de sa maîtresse.

Alors la petite marquise se leva, tira les verrous, tourna la serrure, souleva la portière et
montra sa tête, rien que sa tête blonde, cachée
sous un nuage de cheveux.

---

1. On peut se demander pourquoi Maupassant qualifie régulièrement de « petites » les marquises et les baronnes qui abon-
dent dans son répertoire (où il n'y a pas de duchesses, ce qui
est bien frustrant).

« Qu'est-ce que tu as, dit-elle, à venir si tôt ?
Il n'est pas encore neuf heures. »

La petite baronne, très pâle, nerveuse, fiévreuse, répondit :

« Il faut que je te parle. Il m'arrive une
chose horrible.

— Entre, ma chérie. »

Elle entra, elles s'embrassèrent ; et la petite
marquise se recoucha pendant que la femme de
chambre ouvrait les fenêtres, donnait de l'air et
du jour. Puis, quand la domestique fut partie,
Mme de Rennedon reprit : « Allons, raconte. »

Mme de Grangerie se mit à pleurer, versant
ces jolies larmes claires qui rendent plus char-
mantes les femmes, et elle balbutiait sans s'es-
suyer les yeux, pour ne point les rougir : « Oh,
ma chère, c'est abominable, abominable, ce qui
m'arrive. Je n'ai pas dormi de la nuit, mais pas
une minute ; tu entends, pas une minute. Tiens,
tâte mon cœur, comme il bat. »

Et, prenant la main de son amie, elle la posa
sur sa poitrine, sur cette ronde et ferme enveloppe du cœur des femmes, qui suffit souvent
aux hommes et les empêche de rien chercher
dessous. Son cœur battait fort, en effet.

Elle continua :

Ça m'est arrivé hier dans la journée... vers
quatre heures... ou quatre heures et demie. Je
ne sais pas au juste. Tu connais bien mon

appartement, tu sais que mon petit salon, celui où je me tiens toujours, donne sur la rue Saint-Lazare, au premier ; et que j'ai la manie de me mettre à la fenêtre pour regarder passer les gens. C'est si gai, ce quartier de la gare, si remuant, si vivant... Enfin, j'aime ça ! Donc hier, j'étais assise sur la chaise basse que je me suis fait installer dans l'embrasure de ma fenêtre ; elle était ouverte, cette fenêtre, et je ne pensais à rien : je respirais l'air bleu. Tu te rappelles comme il faisait beau, hier !

Tout à coup, je remarque que, de l'autre côté de la rue, il y a aussi une femme à la fenêtre, une femme en rouge ; moi j'étais en mauve, tu sais, ma jolie toilette mauve. Je ne la connaissais pas cette femme, une nouvelle locataire, installée depuis un mois ; et comme il pleut depuis un mois, je ne l'avais point vue encore. Mais je m'aperçus tout de suite que c'était une vilaine fille[1]. D'abord je fus très dégoûtée et très choquée qu'elle fût à la fenêtre comme moi ; et puis, peu à peu, ça m'amusa de l'examiner. Elle était accoudée, et elle guettait les hommes, et les hommes aussi la regardaient,

---

1. Cette « vilaine fille » est ce que l'on appelait encore à l'époque de Proust un « demi-castor » qui se montrait plus ou moins discrètement à sa fenêtre pour attirer le client. La police interdisait (mollement) le racolage sur la voie publique mais que dire contre une femme qui laisse entrevoir ses charmes du haut de son balcon ?

tous ou presque tous. On aurait dit qu'ils étaient prévenus par quelque chose en approchant de la maison, qu'ils la flairaient comme les chiens flairent le gibier, car ils levaient soudain la tête et échangeaient bien vite un regard avec elle, un regard de franc-maçon. Le sien disait : « Voulez-vous ? »

Le leur répondait : « Pas le temps », ou bien : « Une autre fois », ou bien : « Pas le sou », ou bien : « Veux-tu te cacher, misérable ! » C'étaient les yeux des pères de famille qui disaient cette dernière phrase.

Tu ne te figures pas comme c'était drôle de la voir faire son manège ou plutôt son métier.

Quelquefois elle fermait brusquement la fenêtre et je voyais un monsieur tourner sous la porte. Elle l'avait pris, celui-là, comme un pêcheur à la ligne prend un goujon. Alors je commençais à regarder ma montre. Ils restaient de douze à vingt minutes, jamais plus. Vraiment, elle me passionnait, à la fin, cette araignée. Et puis elle n'était pas laide, cette fille.

Je me demandais : « Comment fait-elle pour se faire comprendre si bien, si vite, complètement ? Ajoute-t-elle à son regard un signe de tête ou un mouvement de main ? »

Et je pris ma lunette de théâtre pour me rendre compte de son procédé. Oh ! il était bien simple : un coup d'œil d'abord, puis un sourire, puis un tout petit geste de tête qui voulait dire : « Montez-vous ? » Mais si léger, si vague, si discret, qu'il fallait vraiment beaucoup de chic pour le réussir comme elle.

Et je me demandais : Est-ce que je pourrais le faire aussi bien, ce petit coup de bas en haut, hardi et gentil ? Car il était très gentil, son geste.

Et j'allai l'essayer devant la glace. Ma chère, je le faisais mieux qu'elle, beaucoup mieux ! J'étais enchantée ; et je revins me mettre à la fenêtre.

Elle ne prenait plus personne à présent, la pauvre fille, plus personne. Vraiment elle n'avait pas de chance. Comme ça doit être terrible tout de même de gagner son pain de cette façon-là, terrible et amusant quelquefois, car enfin il y en a qui ne sont pas mal, de ces hommes qu'on rencontre dans la rue.

Maintenant ils passaient tous sur mon trottoir et plus un seul sur le sien. Le soleil avait tourné. Ils arrivaient les uns derrière les autres, des jeunes, des vieux, des noirs, des blonds, des gris, des blancs.

J'en voyais de très gentils, mais très gentils, ma chère, bien mieux que mon mari, et que le tien, ton ancien mari, puisque tu es divorcée. Maintenant tu peux choisir.

Je me disais : Si je leur faisais le signe, est-ce qu'ils me comprendraient, moi, moi qui suis une honnête femme ? Et voilà que je suis prise d'une envie folle de le leur faire ce signe, mais d'une envie, d'une envie de femme grosse... d'une envie épouvantable, tu sais, de ces envies... auxquelles on ne peut pas résister ! J'en ai quelquefois comme ça, moi. Est-ce bête, dis, ces choses-là ! Je crois que nous avons des âmes de singes, nous autres femmes[1]. On m'a affirmé du reste (c'est un médecin qui m'a dit ça) que le cerveau du singe ressemblait beaucoup au nôtre. Il faut toujours que nous imitions quelqu'un. Nous imitons nos maris, quand nous les aimons, dans le premier mois des noces, et puis nos amants ensuite, nos amies, nos confesseurs quand ils sont bien. Nous prenons leurs manières de penser, leurs manières de dire, leurs mots, leurs gestes, tout. C'est stupide.

Enfin, moi quand je suis trop tentée de faire une chose, je la fais toujours.

Je me dis donc : « Voyons, je vais essayer sur un, sur un seul, pour voir. Qu'est-ce qui peut m'arriver ? Rien ! Nous échangerons un sourire, et voilà tout, et je ne le reverrai jamais ; et si je le vois il ne me reconnaîtra pas ; et s'il me reconnaît je nierai, parbleu. »

Je commence donc à choisir. J'en voulais un qui fût bien, très bien. Tout à coup je vois venir

---

1. C'était tout à fait l'avis de Maupassant.

un grand blond, très joli garçon. J'aime les blonds, tu sais.

Je le regarde. Il me regarde. Je souris ; il sourit ; je fais le geste ; oh ! à peine, à peine ; il répond « oui » de la tête et le voilà qui entre, ma chérie ! Il entre par la grande porte de la maison.

Tu ne te figures pas ce qui s'est passé en moi à ce moment-là ! J'ai cru que j'allais devenir folle. Oh ! quelle peur ! Songe, il allait parler aux domestiques ! À Joseph qui est tout dévoué à mon mari ! Joseph aurait cru certainement que je connaissais ce monsieur depuis longtemps.

Que faire ? dis ? Que faire ? Et il allait sonner, tout à l'heure, dans une seconde. Que faire, dis ? J'ai pensé que le mieux était de courir à sa rencontre, de lui dire qu'il se trompait, de le supplier de s'en aller. Il aurait pitié d'une femme, d'une pauvre femme ! Je me précipite donc à la porte et je l'ouvre juste au moment où il posait la main sur le timbre.

Je balbutiai, tout à fait folle : « Allez-vous-en, monsieur, allez-vous-en, vous vous trompez, je suis une honnête femme, une femme mariée. C'est une erreur, une affreuse erreur ; je vous ai pris pour un de mes amis à qui vous ressemblez beaucoup. Ayez pitié de moi, monsieur. »

Et voilà qu'il se met à rire, ma chère, et il

répond : « Bonjour, ma chatte. Tu sais, je la connais, ton histoire. Tu es mariée, c'est deux louis au lieu d'un. Tu les auras. Allons montremoi la route. »

Et il me pousse ; il referme la porte, et comme je demeurais, épouvantée, en face de lui, il m'embrasse, me prend par la taille et me fait rentrer dans le salon qui était resté ouvert.

Et puis, il se met à regarder tout comme un commissaire-priseur ; et il reprend : « Bigre, c'est gentil chez toi, c'est très chic. Faut que tu sois rudement dans la dèche en ce moment-ci pour faire la fenêtre ! »

Alors, moi, je recommence à le supplier : « Oh ! monsieur, allez-vous-en ! allez-vousen ! Mon mari va rentrer ! Il va rentrer dans un instant, c'est son heure ! Je vous jure que vous vous trompez ! »

Et il me répond tranquillement : « Allons, ma belle, assez de manières comme ça. Si ton mari rentre, je lui donnerai cent sous pour aller prendre quelque chose en face. »

Comme il aperçoit sur la cheminée la photographie de Raoul, il me demande :

« C'est ça, ton... ton mari ?

— Oui, c'est lui.

— Il a l'air d'un joli mufle. Et ça, qu'est-ce que c'est ? Une de tes amies ?

C'était ta photographie, ma chère, tu sais

celle en toilette de bal. Je ne savais plus ce que je disais, je balbutiai :

« Oui c'est une de mes amies.

— Elle est très gentille. Tu me la feras connaître. »

Et voilà la pendule qui se met à sonner cinq heures ; et Raoul rentre tous les jours à cinq heures et demie ! S'il revenait avant que l'autre fût parti, songe donc ! Alors... alors... j'ai perdu la tête... tout à fait... j'ai pensé... j'ai pensé... que... que le mieux... était de... de... de... me débarrasser de cet homme le... le plus vite possible... Plus tôt ce serait fini... tu comprends... et... et voilà... voilà... puisqu'il le fallait... et il le fallait, ma chère... il ne serait pas parti sans ça... Donc, j'ai... j'ai... j'ai mis le verrou à la porte du salon... Voilà.

La petite marquise de Rennedon s'était mise à rire, mais à rire follement, la tête dans l'oreiller, secouant son lit tout entier.

Quand elle se fut un peu calmée, elle demanda :

« Et... et... il était joli garçon ?...

— Mais oui.

— Et tu te plains ?

— Mais... mais... vois-tu, ma chère, c'est que... il a dit... qu'il reviendrait demain... à la même heure... et j'ai... j'ai une peur atroce...

Tu n'as pas idée comme il est tenace... et volontaire... Que faire... dis... que faire ? »

La petite marquise s'assit dans son lit pour réfléchir ; puis elle déclara brusquement :

« Fais-le arrêter. »

La petite baronne fut stupéfaite. Elle balbutia :

« Comment ? Tu dis ? À quoi penses-tu ? Le faire arrêter ? Sous quel prétexte ?

— Oh ! c'est bien simple. Tu vas aller chez le commissaire ; tu lui diras qu'un monsieur te suit depuis trois mois ; qu'il a eu l'insolence de monter chez toi hier ; qu'il t'a menacée d'une nouvelle visite pour demain, et que tu demandes protection à la loi. On te donnera deux agents qui l'arrêteront.

— Mais, ma chère, s'il raconte...

— Mais on ne le croira pas, sotte, du moment que tu auras bien arrangé ton histoire au commissaire. Et on te croira, toi, qui est une femme du monde irréprochable.

— Oh ! je n'oserai jamais.

— Il faut oser, ma chère, ou bien tu es perdue.

— Songe qu'il va... qu'il va m'insulter... quand on l'arrêtera.

— Eh bien, tu auras des témoins et tu le feras condamner.

— Condamner à quoi ?

— À des dommages. Dans ce cas, il faut être impitoyable !

— Ah ! à propos de dommages..., il y a une chose qui me gêne beaucoup..., mais beaucoup... Il m'a laissé... deux louis... sur la cheminée.

— Deux louis ?

— Oui.

— Pas plus ?

— Non.

— C'est peu. Ça m'aurait humiliée, moi. Eh bien ?

— Eh bien ! qu'est-ce qu'il faut faire de cet argent ? »

La petite marquise hésita quelques secondes, puis répondit d'une voix sérieuse :

« Ma chère... Il faut faire... il faut faire... un petit cadeau à ton mari... ça n'est que justice. »

LE DIABLE

Le paysan restait debout en face du médecin, devant le lit de la mourante. La vieille, calme, résignée, lucide, regardait les deux hommes et les écoutait causer. Elle allait mourir ; elle ne se révoltait pas, son temps était fini, elle avait quatre-vingt-douze ans.

Par la fenêtre et la porte ouvertes, le soleil de juillet entrait à flots, jetait sa flamme chaude sur le sol de terre brune, onduleux et battu par les sabots de quatre générations de rustres. Les odeurs des champs venaient aussi, poussées par la brise cuisante, odeurs des herbes, des blés, des feuilles, brûlés sous la chaleur de midi. Les sauterelles s'égosillaient, emplissaient la campagne d'un crépitement clair, pareil au bruit des criquets de bois qu'on vend aux enfants dans les foires.

Le médecin, élevant la voix, disait :

« Honoré, vous ne pouvez pas laisser votre mère toute seule dans cet état-là. Elle passera d'un moment à l'autre ! »

Et le paysan, désolé, répétait :

« Faut pourtant que j' rentre mon blé ; v'là trop longtemps qu'il est à terre. L' temps est bon, justement. Qué qu' t'en dis, ma mé ? »

Et la vieille mourante, tenaillée encore par l'avarice normande, faisait « oui » de l'œil et du front, engageait son fils à rentrer son blé et à la laisser mourir toute seule.

Mais le médecin se fâcha et, tapant du pied[1] :

« Vous n'êtes qu'une brute, entendez-vous, et je ne vous permettrai pas de faire ça, entendez-vous ! Et, si vous êtes forcé de rentrer votre blé aujourd'hui même, allez chercher la Rapet, parbleu ! et faites-lui garder votre mère. Je le veux, entendez-vous ! Et si vous ne m'obéissez pas, je vous laisserai crever comme un chien, quand vous serez malade à votre tour, entendez-vous ? »

Le paysan, un grand maigre, aux gestes lents, torturé par l'indécision, par la peur du médecin et par l'amour féroce de l'épargne, hésitait, calculait, balbutiait :

« Comben qu'é prend, la Rapet, pour une garde ? »

---

1. Il y a eu, il y a peut-être encore, beaucoup de médecins de campagne qui ont dû « taper du pied » dans des circonstances analogues. Sans le médecin, Honoré laisserait certainement sa mère mourir seule : c'est qu'à cette époque le médecin jouit dans le monde rural d'un prestige considérable. Il est à la fois le « chaman » et le notable par excellence.

Le médecin criait :

« Est-ce que je sais, moi ? Ça dépend du temps que vous lui demanderez. Arrangez-vous avec elle, morbleu ! Mais je veux qu'elle soit ici dans une heure, entendez-vous ? »

L'homme se décida :

« J'y vas, j'y vas ; vous fâchez point, m'sieu l' médecin. »

Et le docteur s'en alla, en appelant :

« Vous savez, vous savez, prenez garde, car je ne badine pas quand je me fâche, moi ! »

Dès qu'il fut seul, le paysan se tourna vers sa mère, et, d'une voix résignée :

« J' vas quéri la Rapet, pisqu'il veut, c't' homme. T'éluge[1] point tant qu' je r'vienne. »

Et il sortit à son tour.

La Rapet, une vieille repasseuse, gardait les morts et les mourants de la commune et des environs. Puis, dès qu'elle avait cousu ses clients dans le drap dont ils ne devaient plus sortir, elle revenait prendre son fer dont elle frottait le linge des vivants. Ridée comme une pomme de l'autre année, méchante, jalouse, avare d'une avarice tenant du phénomène, courbée en deux comme si elle eût été cassée aux reins par l'éternel mouvement du fer promené sur les toiles, on eût dit qu'elle avait pour

---

1. *S'éluger* : s'inquiéter, en patois normand.

l'agonie une sorte d'amour monstrueux et cynique. Elle ne parlait jamais que des gens qu'elle avait vus mourir, de toutes les variétés de trépas auxquelles elle avait assisté ; et elle les racontait avec une grande minutie de détails toujours pareils, comme un chasseur raconte ses coups de fusil.

Quand Honoré Bontemps entra chez elle, il la trouva préparant de l'eau bleue [1] pour les collerettes des villageoises.

Il dit :

« Allons, bonsoir ; ça va-t-il comme vous voulez, la mé Rapet ? »

Elle tourna vers lui la tête :

« Tout d' même, tout d' même. Et d' vot' part ?

— Oh ! d' ma part, ça va-t-à volonté, mais c'est ma mé qui n' va point.

— Vot' mé ?

— Oui, ma mé !

— Qué qu'alle a votre mé ?

— All'a qu'a va tourner d' l'œil ! »

La vieille femme retira ses mains de l'eau, dont les gouttes, bleuâtres et transparentes, lui glissaient jusqu'au bout des doigts, pour retomber dans le baquet.

Elle demanda, avec une sympathie subite :

---

1. L'eau bleue est celle que l'on obtient avec les boules de lessive et qui donne un ton bleuté au blanc du linge.

« All' est si bas qu' ça ?

— L' médecin dit qu'all' n' passera point la r'levée.

— Pour sûr qu'all' est bas alors ! »

Honoré hésita. Il lui fallait quelques préambules pour la proposition qu'il préparait. Mais, comme il ne trouvait rien, il se décida tout d'un coup :

« Comben qu' vous m' prendrez pour la garder jusqu'au bout ? Vô savez que j' sommes point riche. J' peux seulement point m' payer eune servante. C'est ben ça qui l'a mise là, ma pauv' mé, trop d'élugement, trop d' fatigue ! A travaillait comme dix, nonobstant ses quatre-vingt-douze. On n'en fait pu de c'te graine-là !... »

La Rapet répliqua gravement :

« Y a deux prix : quarante sous l' jour, et trois francs la nuit pour les riches. Vingt sous l' jour et quarante la nuit pour l' zautres. Vô m' donnerez vingt et quarante. »

Mais le paysan réfléchissait. Il la connaissait bien, sa mère. Il savait comme elle était tenace, vigoureuse, résistante. Ça pouvait durer huit jours, malgré l'avis du médecin.

Il dit résolument :

« Non. J'aime ben qu' vô me fassiez un prix, là, un prix pour jusqu'au bout. J' courrons la chance d' part et d'autre. L' médecin dit qu'alle passera tantôt. Si ça s' fait tant mieux pour vous, tant pis pour mé. Ma si all' tient jusqu'à demain ou pu longtemps tant mieux pour mé, tant pis pour vous ! »

La garde, surprise, regardait l'homme. Elle n'avait jamais traité un trépas à forfait. Elle hésitait, tentée par l'idée d'une chance à courir. Puis elle soupçonna qu'on voulait la jouer.

« J' peux rien dire tant qu' j'aurai point vu vot' mé répondit-elle.

— V'nez-y, la vé. »

Elle essuya ses mains et le suivit aussitôt.

En route, ils ne parlèrent point. Elle allait d'un pied pressé, tandis qu'il allongeait ses grandes jambes comme s'il devait, à chaque pas, traverser un ruisseau.

Les vaches couchées dans les champs, accablées par la chaleur, levaient lourdement la tête et poussaient un faible meuglement vers ces deux gens qui passaient, pour leur demander de l'herbe fraîche.

En approchant de sa maison, Honoré Bontemps murmura :

« Si c'était fini, tout d' même ? »

Et le désir inconscient qu'il en avait se manifesta dans le son de sa voix.

Mais la vieille n'était point morte. Elle demeurait sur le dos, en son grabat, les mains sur la couverture d'indienne violette, des mains affreusement maigres, nouées, pareilles à des bêtes étranges, à des crabes, et fermées par les

rhumatismes, les fatigues, les besognes presque séculaires qu'elles avaient accomplies.

La Rapet s'approcha du lit et considéra la
mourante. Elle lui tâta le pouls, lui palpa la
poitrine, l'écouta respirer, la questionna pour
l'entendre parler ; puis l'ayant encore
longtemps contemplée, elle sortit suivie d'Honoré. Son opinion était assise. La vieille n'irait
pas à la nuit. Il demanda :

« Hé ben ? »

La garde répondit :

« Hé ben, ça durera deux jours, p'têt' trois.
Vous me donnerez six francs, tout compris. »

Il s'écria :

« Six francs ! six francs ! Avez-vous perdu
le sens ? Mé, je vous dis qu'elle en a pour cinq
ou six heures, pas plus ! »

Et ils discutèrent longtemps, acharnés tous
deux. Comme la garde allait se retirer, comme
le temps passait, comme son blé ne se rentre-
rait pas tout seul, à la fin, il consentit :

« Eh ben, c'est dit, six francs, tout compris,
jusqu'à la l'vée du corps.

— C'est dit, six francs. »

Et il s'en alla, à longs pas, vers son blé couché sur le sol, sous le lourd soleil qui mûrit les
moissons.

La garde rentra dans la maison.

Elle avait apporté de l'ouvrage ; car auprès
des mourants et des morts elle travaillait sans

relâche, tantôt pour elle, tantôt pour la famille qui l'employait à cette double besogne moyennant un supplément de salaire.

Tout à coup, elle demanda :

« Vous a-t-on administrée au moins, la mé Bontemps ? »

La paysanne fit « non » de la tête ; et la Rapet qui était dévote, se leva avec vivacité.

« Seigneur Dieu, c'est-il possible ? J' vas quérir m'sieur l' curé. »

Et elle se précipita vers le presbytère, si vite, que les gamins, sur la place, la voyant trotter ainsi, crurent un malheur arrivé.

Le prêtre s'en vint aussitôt, en surplis, précédé de l'enfant de chœur qui sonnait une clochette pour annoncer le passage de Dieu dans la campagne brûlante et calme. Des hommes, qui travaillaient au loin, ôtaient leurs grands chapeaux et demeuraient immobiles en attendant que le blanc vêtement eût disparu derrière une ferme ; les femmes qui ramassaient les gerbes se redressaient pour faire le signe de la croix, des poules noires, effrayées, fuyaient le long des fossés en se balançant sur leurs pattes jusqu'au trou, bien connu d'elles, où elles disparaissaient brusquement ; un poulain, attaché dans un pré, prit peur à la vue du surplis et se mit à tourner en rond au bout de sa corde, en lançant des ruades. L'enfant de chœur, en jupe rouge, allait vite ; et le prêtre, la tête inclinée sur une épaule et coiffé de sa barrette carrée, le suivait en murmurant des prières ; et la Rapet venait derrière, toute penchée, pliée en deux, comme pour se prosterner en marchant, et les mains jointes, comme à l'église.

Honoré, de loin, les vit passer. Il demanda :

« Oùsqu'i va, not' curé ? »

Son valet, plus subtil, répondit :

« I porte l' bon Dieu à ta mé, pardi ! »

Le paysan ne s'étonna pas :

« Ça s' peut ben, tout d' même ! »

Et il se remit au travail.

La mère Bontemps se confessa, reçut l'absolution, communia ; et le prêtre s'en revint, laissant seules les deux femmes dans la chaumière étouffante.

Alors la Rapet commença à considérer la mourante, en se demandant si cela durerait longtemps.

Le jour baissait ; l'air plus frais entrait par souffles plus vifs, faisait voltiger contre le mur une image d'Épinal tenue par deux épingles ; les petits rideaux de la fenêtre, jadis blancs, jaunes maintenant et couverts de taches de mouche, avaient l'air de s'envoler, de se débattre, de vouloir partir, comme l'âme de la vieille.

Elle, immobile, les yeux ouverts, semblait attendre avec indifférence la mort si proche qui tardait à venir. Son haleine, courte, sifflait un peu dans sa gorge serrée. Elle s'arrêterait tout à l'heure, et il y aurait sur la terre une femme de moins, que personne ne regretterait.

À la nuit tombante, Honoré rentra. S'étant approché du lit, il vit que sa mère vivait encore, et il demanda :

« Ça va-t-il ? »

Comme il faisait autrefois quand elle était indisposée.

Puis il renvoya la Rapet en lui recommandant :

« D'main, cinq heures, sans faute. »

Elle répondit :

« D'main, cinq heures. »

Elle arriva, en effet, au jour levant.

Honoré, avant de se rendre aux terres, mangeait sa soupe, qu'il avait faite lui-même.

La garde demanda :

« Eh ben, vot' mé a-t-all' passé ? »

Il répondit, avec un pli malin au coin des yeux :

« All' va plutôt mieux. »

Et il s'en alla.

La Rapet, saisie d'inquiétude, s'approcha de l'agonisante, qui demeurait dans le même état, oppressée et impassible, l'œil ouvert et les mains crispées sur sa couverture.

Et la garde comprit que cela pouvait durer deux jours, quatre jours, huit jours ainsi ; et une épouvante étreignit son cœur d'avare, tandis qu'une colère furieuse la soulevait contre ce finaud qui l'avait jouée et contre cette femme qui ne mourait pas.

Elle se mit au travail néanmoins et attendit, le regard fixé sur la face ridée de la mère Bontemps.

Honoré revint pour déjeuner ; il semblait content, presque goguenard ; puis il repartit. Il rentrait son blé, décidément, dans des conditions excellentes.

La Rapet s'exaspérait ; chaque minute écoulée lui semblait, maintenant, du temps volé, de l'argent volé. Elle avait envie, une envie folle de prendre par le cou cette vieille bourrique, cette vieille têtue, cette vieille obstinée, et d'arrêter, en serrant un peu, ce petit souffle rapide qui lui volait son temps et son argent.

Puis elle réfléchit au danger ; et, d'autres idées lui passant par la tête, elle se rapprocha du lit.

Elle demanda :

« Vous avez-t-il déjà vu l' Diable ? »

La mère Bontemps murmura :

« Non. »

Alors la garde se mit à causer, à lui conter des histoires pour terroriser son âme débile de mourante.

Quelques minutes avant qu'on expirât, le

Diable apparaissait, disait-elle, à tous les agonisants. Il avait un balai à la main, une marmite
sur la tête, et il poussait de grands cris. Quand
on l'avait vu, c'était fini, on n'en avait plus que
pour peu d'instants. Et elle énumérait tous
ceux à qui le Diable était apparu devant elle,
cette année-là : Joséphin Loisel, Eulalie Ratier,
Sophie Padagnau, Séraphine Grospied.

La mère Bontemps, émue enfin, s'agitait,
remuait les mains, essayait de tourner la tête
pour regarder au fond de la chambre.

Soudain la Rapet disparut au pied du lit.
Dans l'armoire, elle prit un drap et s'enveloppa
dedans ; elle se coiffa de la marmite, dont les
trois pieds courts et courbés se dressaient ainsi
que trois cornes ; elle saisit un balai de sa main
droite, et, de la main gauche, un seau de fer-
blanc, qu'elle jeta brusquement en l'air pour
qu'il retombât avec bruit.

Il fit, en heurtant le sol, un fracas épouvantable ; alors, grimpée sur une chaise, la garde
souleva le rideau qui pendait au bout du lit, et
elle apparut, gesticulant, poussant des clameurs
aiguës au fond du pot de fer qui lui cachait la
face, et menaçant de son balai, comme un diable de guignol, la vieille paysanne à bout de
vie.

Éperdue, le regard fou, la mourante fit un
effort surhumain pour se soulever et s'enfuir ;
elle sortit même de sa couche ses épaules et sa

poitrine ; puis elle retomba avec un grand soupir. C'était fini.

Et la Rapet, tranquillement, remit en place
tous les objets, le balai au coin de l'armoire, le
drap dedans, la marmite sur le foyer, le seau
sur la planche et la chaise contre le mur. Puis,
avec les gestes professionnels, elle ferma les
yeux énormes de la morte, posa sur le lit une
assiette, versa dedans l'eau du bénitier, y
trempa le buis cloué sur la commode et, s'age-
nouillant, se mit à réciter avec ferveur les prières des trépassés qu'elle savait par cœur, par
métier.

Et quand Honoré rentra, le soir venu, il la
trouva priant, et il calcula tout de suite qu'elle
gagnait encore vingt sous sur lui, car elle
n'avait passé que trois jours et une nuit, ce qui
faisait en tout cinq francs, au lieu de six qu'il
lui devait.

LES ROIS

Ah ! dit le capitaine comte de Garens, je crois bien que je me le rappelle, ce souper des Rois, pendant la guerre !

J'étais alors maréchal des logis de hussards, et depuis quinze jours rôdant en éclaireur en face d'une avant-garde allemande. La veille, nous avions sabré quelques uhlans et perdu trois hommes, dont ce pauvre petit Raudeville. Vous vous rappelez bien, Joseph de Raudeville.

Or, ce jour-là, mon capitaine m'ordonna de prendre dix cavaliers et d'aller occuper et de garder toute la nuit le village de Porterin, où l'on s'était battu cinq fois en trois semaines. Il ne restait pas vingt maisons debout ni douze habitants dans ce guêpier.

Je pris donc dix cavaliers et je partis vers quatre heures. À cinq heures, en pleine nuit, nous atteignîmes les premiers murs de Porterin. Je fis halte et j'ordonnai à Marchas, vous savez bien, Pierre de Marchas, qui a épousé

depuis la petite Martel-Auvelin, la fille du marquis de Martel-Auvelin, d'entrer tout seul dans
le village et de m'apporter des nouvelles.

Je n'avais choisi que des volontaires, tous de
bonne famille. Ça fait plaisir, dans le service,
de ne pas tutoyer des mufles. Ce Marchas était
dégourdi comme pas un, fin comme un renard
et souple comme un serpent. Il savait éventer
des Prussiens ainsi qu'un chien évente un liè-
vre, trouver des vivres là où nous serions morts
de faim sans lui, et il obtenait des renseignements de tout le monde, des renseignements
toujours sûrs, avec une adresse inimaginable.

Il revint au bout de dix minutes :

« Ça va bien, dit-il ; aucun Prussien n'a
passé par ici depuis trois jours. Il est sinistre,
ce village. J'ai causé avec une bonne sœur qui
garde quatre ou cinq malades dans un couvent
abandonné. »

J'ordonnai d'aller de l'avant, et nous péné-
trâmes dans la rue principale. On apercevait
vaguement à droite, à gauche, des murs sans
toit, à peine visibles dans la nuit profonde. De
place en place, une lumière brillait derrière une
vitre : une famille était restée pour garder sa
demeure à peu près debout, une famille de bra-
ves ou de pauvres. La pluie commençait à
tomber, une pluie menue, glacée, qui nous
gelait avant de nous avoir mouillés, rien qu'en
touchant les manteaux. Les chevaux trébu-

chaient sur des pierres, sur des poutres, sur des meubles. Marchas nous guidait, à pied, devant nous, et traînant sa bête par la bride.

« Où nous mènes-tu ? » lui demandai-je.

Il répondit :

« J'ai un gîte, un bon. »

Et il s'arrêta bientôt devant une petite maison bourgeoise demeurée entière, bien close, bâtie sur la rue, avec un jardin derrière.

Au moyen d'un gros caillou ramassé près de la grille, Marchas fit sauter la serrure, puis il gravit le perron, défonça la porte d'entrée à coups de pied et à coups d'épaule, alluma un bout de bougie qu'il avait toujours en poche, et nous précéda dans un bon et confortable logis de particulier riche, en nous guidant avec assurance, avec une assurance admirable, comme s'il avait vécu dans cette maison qu'il voyait pour la première fois.

Deux hommes restés dehors gardaient nos chevaux.

Marchas dit au gros Ponderel, qui le suivait :

« Les écuries doivent être à gauche ; j'ai vu ça en entrant ; va donc y loger les bêtes, dont nous n'avons pas besoin. »

Puis, se tournant vers moi :

« Donne des ordres, sacrebleu ! »

Il m'étonnait toujours, ce gaillard-là. Je répondis en riant :

« Je vais placer mes sentinelles aux abords du pays. Je te retrouverai ici. »

Il demanda :

« Combien prends-tu d'hommes ?

— Cinq. Les autres les relèveront à dix heures du soir.

— Bon. Tu m'en laisses quatre pour faire les provisions, la cuisine, et mettre la table. Moi, je trouverai la cachette au vin. »

Et je m'en allai reconnaître les rues désertes jusqu'à la sortie sur la plaine, pour y placer mes factionnaires.

Une demi-heure plus tard, j'étais de retour. Je trouvai Marchas étendu dans un grand fauteuil Voltaire, dont il avait ôté la housse, par amour du luxe, disait-il. Il se chauffait les pieds au feu, en fumant un cigare excellent dont le parfum emplissait la pièce. Il était seul, les coudes sur les bras du siège, la tête entre les épaules, les joues roses, l'œil brillant, l'air enchanté.

Dans la pièce voisine, j'entendais un bruit de vaisselle. Marchas me dit en souriant d'une façon béate :

« Ça va, j'ai trouvé le bordeaux dans le poulailler, le champagne sous les marches du perron, l'eau-de-vie — cinquante bouteilles de vraie fine — dans le potager, sous un poirier, qui, vu à la lanterne, ne m'a pas semblé droit. Comme solide, nous avons deux poules, une oie, un canard, trois pigeons et un merle cueilli dans une cage, rien que de la plume, comme tu vois. Tout ça cuit en ce moment. Ce pays est excellent. »

Je m'étais assis en face de lui. La flamme de la cheminée me grillait le nez et les joues :

« Où as-tu trouvé ce bois-là ? » demandai-je.

Il murmura :

« Bois magnifique, voiture de maître, coupé. C'est la peinture qui donne cette flambée, un punch d'essence et de vernis. Bonne maison ! »

Je riais, tant je le trouvais drôle, l'animal. Il reprit :

« Dire que c'est jour de Rois ! J'ai fait mettre une fève dans l'oie ; mais pas de reine, c'est embêtant, ça ! »

Je répétai, comme un écho :

« C'est embêtant ; mais que veux-tu que j'y fasse, moi ?

— Que tu en trouves, parbleu !

— De quoi ?

— Des femmes.

— Des femmes ?... Tu es fou !

— J'ai bien trouvé l'eau-de-vie sous un poirier, moi, et le champagne sous les marches du perron ; et rien ne pouvait me guider encore. — Tandis que, pour toi, une jupe c'est un indice certain. Cherche, mon vieux. »

Il avait l'air si grave, si sérieux, si convaincu que je ne savais plus s'il plaisantait.

Je répondis :

« Voyons, Marchas, tu blagues ?

— Je ne blague jamais dans le service.

— Mais où diable veux-tu que j'en trouve, des femmes ?

— Où tu voudras. Il doit en rester deux ou trois dans le pays. Déniche et apporte. »

Je me levai. Il faisait trop chaud devant ce feu. Marchas reprit :

« Veux-tu une idée ?

— Oui.

— Va trouver le curé.

— Le curé ? Pour quoi faire ?

— Invite-le à souper et prie-le d'amener une femme.

— Le curé ! Une femme ! Ah ! ah ! ah ! »

Marchas reprit avec une extraordinaire gravité :

« Je ne ris pas. Va trouver le curé, raconte-lui notre situation. Il doit s'embêter affreusement, il viendra. Mais dis-lui qu'il nous faut une femme au minimum, une femme comme il faut, bien entendu, puisque nous sommes tous des hommes du monde. Il doit connaître ses paroissiennes sur le bout du doigt. S'il y en a une possible pour nous, et si tu t'y prends bien, il te l'indiquera.

— Voyons, Marchas ? À quoi penses-tu ?

— Mon cher Garens, tu peux faire ça très bien. Ce serait même très drôle. Nous savons vivre, parbleu ! et nous serons d'une distinction parfaite, d'un chic extrême. Nomme-nous à l'abbé, fais-le rire, attendris-le, séduis-le et décide-le !

— Non, c'est impossible !

Il rapprocha son fauteuil et, comme il connaissait mes côtés faibles, le gredin reprit :

« Songe donc comme ce serait crâne à faire et amusant à raconter. On en parlerait dans toute l'armée. Ça te ferait une rude réputation. »

J'hésitais, tenté par l'aventure. Il insista :

« Allons, mon petit Garens. Tu es chef de détachement, toi seul peux aller trouver le chef de l'Église en ce pays. Je t'en prie, vas-y. Je raconterai la chose en vers, dans la *Revue des Deux Mondes* après la guerre, je te le promets. Tu dois bien ça à tes hommes. Tu les fais assez marcher depuis un mois. »

Je me levai en demandant :

« Où est le presbytère ?

— Tu prends la seconde rue à gauche. Au bout tu trouveras une avenue ; et, au bout de l'avenue, l'église. Le presbytère est à côté. »

Je sortais ; il me cria :

« Dis-lui le menu pour lui donner faim ! »

Je découvris sans peine la petite maison de l'ecclésiastique, à côté d'une grande vilaine église de briques. Je frappai à coups de poing dans la porte, qui n'avait ni sonnette ni marteau, et une voix forte demanda de l'intérieur :

« Qui va là ? »

Je répondis :

« Maréchal des logis de hussards. »

J'entendis un bruit de verrous et de clef tournée, et je me trouvai en face d'un grand prêtre à gros ventre, avec une poitrine de lutteur, des mains formidables sortant de manches retroussées, un teint rouge et un air brave homme.

Je fis le salut militaire...

« Bonjour, monsieur le Curé. »

Il avait craint une surprise, une embûche de rôdeurs, et il sourit en répondant :

« Bonjour, mon ami ; entrez. »

Je le suivis dans une petite chambre à pavés rouges, où brûlait un maigre feu, bien différent du brasier de Marchas.

Il me montra une chaise, et puis me dit :

« Qu'y a-t-il pour votre service ?

— Monsieur l'Abbé, permettez-moi d'abord de me présenter. »

Et je lui tendis ma carte.

Il la reçut et lut à mi-voix :

« Le comte de Garens. »

Je repris :

« Nous sommes ici onze, monsieur l'Abbé,

cinq en grand-garde et six installés chez un
habitant inconnu. Ces six-là se nomment
Garens, ici présent, Pierre de Marchas, Ludo-
vic de Ponderel, le baron d'Étreillis, Karl Massouligny, le fils du peintre, et Joseph Herbon,
un jeune musicien. Je viens, en leur nom et au
mien, vous prier de nous faire l'honneur de
souper avec nous. C'est un souper des Rois,
monsieur le Curé, et nous voudrions le rendre
un peu gai. »

Le prêtre souriait. Il murmura :

« Il me semble que ce n'est guère l'occasion
de s'amuser. »

Je répondis :

« Nous nous battons tous les jours, monsieur. Quatorze de nos camarades sont morts
depuis un mois, et trois sont restés par terre,
hier encore. C'est la guerre. Nous jouons notre
vie à tout instant, n'avons-nous pas le droit de
la jouer gaiement ? Nous sommes français,
nous aimons rire, nous savons rire partout. Nos
pères riaient bien sur l'échafaud ! Ce soir, nous
voudrions nous dégourdir un peu, en gens
comme il faut, et non pas en soudards, vous me
comprenez. Avons-nous tort ? »

Il répondit vivement :

« Vous avez raison, mon ami, et j'accepte
avec grand plaisir votre invitation. »

Il cria :

« Hermance ! »

Une vieille paysanne, tordue, ridée, horrible, apparut et demanda :

« Qué qui a ?

— Je ne dîne pas ici, ma fille.

— Où que vous dînez donc ?

— Avec messieurs les hussards. »

J'eus envie de dire : « Amenez votre bonne », pour voir la tête de Marchas, mais je n'osai point.

Je repris :

« Parmi vos paroissiens, restés dans le village, en voyez-vous quelqu'un ou quelqu'une que je puisse inviter aussi ? »

Il hésita, chercha et déclara :

« Non, personne ! »

J'insistai :

« Personne !... Voyons, monsieur le Curé, cherchez. Ce serait très galant d'avoir des dames. Je m'entends, des ménages ! Est-ce que je sais, moi ? Le boulanger avec sa femme, l'épicier, le... le... le... l'horloger... le... le cordonnier... le... le pharmacien avec la pharmacienne... Nous avons un bon repas, du vin, et serions enchantés de laisser un bon souvenir aux gens d'ici. »

Le curé médita longtemps encore, puis prononça avec résolution :

« Non, personne. »

Je me mis à rire :

« Sacristi ! monsieur le Curé, c'est ennuyeux

de n'avoir pas une reine, car nous avons une fève. Voyons, cherchez. Il n'y a pas un maire marié, un adjoint marié, un conseiller municipal marié, un instituteur marié ?...

— Non, toutes les dames sont parties.

— Quoi, il n'y a pas dans tout le pays une brave bourgeoise avec son bourgeois de mari, à qui nous pourrions faire ce plaisir, car ce serait un plaisir pour eux, un grand, dans les circonstances présentes ? »

Mais tout à coup le curé se mit à rire, d'un rire violent qui le secouait tout entier, et il criait :

« Ah ! ah ! ah ! j'ai votre affaire, Jésus, Marie, j'ai votre affaire ! Ah ! ah ! ah ! nous allons rire, mes enfants, nous allons rire. Et elles seront bien contentes, allez, bien contentes, ah ! ah !... Où gîtez-vous ? »

J'expliquai la maison en la décrivant. Il comprit :

« Très bien. C'est la propriété de M. Bertin-Lavaille. J'y serai dans une demi-heure avec quatre dames ! ! !... Ah ! ah ! ah ! quatre dames ! ! !... »

Il sortit avec moi, riant toujours, et me quitta, en répétant :

« Ça va ; dans une demi-heure, maison Bertin-Lavaille. »

Je rentrai vite, très étonné, très intrigué.

« Combien de couverts ? demanda Marchas en m'apercevant.

— Onze. Nous sommes six hussards, plus M. le curé et quatre dames. »

Il fut stupéfait. Je triomphais.

Il répétait :

« Quatre dames ! Tu dis : quatre dames ?

— Je dis : quatre dames.

— De vraies femmes ?

— De vraies femmes.

— Bigre ! Mes compliments !

— Je les accepte. Je les mérite. »

Il quitta son fauteuil, ouvrit la porte et j'aperçus une belle nappe blanche jetée sur une longue table autour de laquelle trois hussards en tablier bleu disposaient des assiettes et des verres.

« Il y aura des femmes ! » cria Marchas.

Et les trois hommes se mirent à danser en applaudissant de toute leur force.

Tout était prêt. Nous attendions. Nous attendîmes près d'une heure. Une odeur délicieuse de volailles rôties flottait dans toute la maison.

Un coup frappé contre le volet nous souleva tous en même temps. Le gros Ponderel courut ouvrir, et, au bout d'une minute à peine, une petite bonne sœur apparut dans l'encadrement de la porte. Elle était maigre, ridée, timide, et saluait coup sur coup les quatre hussards effarés qui la regardaient entrer. Derrière elle, un bruit de bâtons martelait le pavé du vestibule, et dès qu'elle eut pénétré dans le salon, j'aperçus, l'une suivant l'autre, trois vieilles têtes en bonnet blanc, qui s'en venaient en se balançant avec des mouvements différents, l'une chavirant à droite, tandis que l'autre chavirait à gauche. Et, trois bonnes femmes se présentèrent, boitant, traînant la jambe, estropiées par les maladies et déformées par la vieillesse, trois infirmes hors de service, les trois seules pensionnaires capables de marcher encore de l'établissement hospitalier que dirigeait la sœur Saint-Benoît.

Elle s'était retournée vers ses invalides, pleine de sollicitude pour elles ; puis, voyant mes galons de maréchal des logis, elle me dit :

« Je vous remercie bien, monsieur l'Officier, d'avoir pensé à ces pauvres femmes. Elles ont bien peu de plaisir dans la vie, et c'est pour elles en même temps un grand bonheur et un grand honneur que vous leur faites. »

J'aperçus le curé, resté dans l'ombre du couloir et qui riait de tout son cœur. À mon tour, je me mis à rire, en regardant surtout la tête de Marchas. Puis montrant des sièges à la religieuse :

« Asseyez-vous, ma Sœur ; nous sommes très fiers et très heureux que vous ayez accepté notre modeste invitation. »

Elle prit trois chaises contre le mur, les ali-

gna devant le feu, y conduisit ses trois bonnes
femmes, les plaça dessus, leur ôta leurs cannes
et leurs châles, qu'elle alla déposer dans un
coin ; puis, désignant la première, une maigre
à ventre énorme, une hydropique assurément :

« Celle-là est la mère Paumelle, dont le mari
s'est tué en tombant d'un toit, et dont le fils est
mort en Afrique. Elle a soixante-deux ans. »

Puis elle désigna la seconde, une grande
dont la tête tremblait sans cesse :

« Celle-là est la mère Jean-Jean, âgée de
soixante-sept ans. Elle n'y voit plus guère,
ayant eu la figure flambée dans un incendie et
la jambe droite brûlée à moitié. »

Elle nous montra, enfin, la troisième, une
espèce de naine, avec des yeux saillants, qui
roulaient de tous les côtés, ronds et stupides.

« C'est la Putois, une innocente. Elle est
âgée de quarante-quatre ans seulement. »

J'avais salué les trois femmes comme si on
m'eût présenté à des altesses royales, et, me
tournant vers le curé :

« Vous êtes, monsieur l'Abbé, un homme
précieux, à qui nous devrons tous ici de la
reconnaissance. »

Tout le monde riait, en effet, hormis Marchas, qui semblait furieux.

« Notre sœur Saint-Benoît est servie ! » cria
tout à coup Karl Massouligny.

Je la fis passer devant avec le curé, puis je

soulevai la mère Paumelle, dont je pris le bras
et que je traînai dans la pièce voisine, non sans
peine car son ventre ballonné semblait plus
pesant que du fer.

Le gros Ponderel enleva la mère Jean-Jean,
qui gémissait pour avoir sa béquille ; et le petit
Joseph Herbon dirigea l'idiote, la Putois, vers
la salle à manger, pleine d'odeur de viandes.

Dès que nous fûmes en face de nos assiettes,
la sœur tapa trois coups dans ses mains, et les
femmes firent, avec la précision de soldats qui
présentent les armes, un grand signe de croix
rapide. Puis le prêtre prononça, lentement, les
paroles latines du *Benedicite*.

On s'assit, et les deux poules parurent,
apportées par Marchas, qui voulait servir pour
ne point assister en convive à ce repas ridicule.

Mais je criai : « Vite le champagne ! » Un
bouchon sauta avec un bruit de pistolet qu'on
décharge, et, malgré la résistance du curé et de
la bonne sœur, les trois hussards assis à côté
des trois infirmes leur versèrent de force dans
la bouche leurs trois verres pleins.

Massouligny, qui avait la faculté d'être chez
lui partout et à l'aise avec tout le monde, faisait
la cour à la mère Paumelle de la façon la plus
drôle. L'hydropique, dont l'humeur était restée
gaie, malgré ses malheurs, lui répondait en
badinant avec une voix de fausset qui semblait
factice, et elle riait si fort des plaisanteries de

son voisin que son gros ventre semblait prêt à monter et à rouler sur la table. Le petit Herbon avait entrepris sérieusement de griser l'idiote et le baron d'Étreillis, qui n'avait pas l'esprit alerte, interrogeait la Jean-Jean sur la vie, les habitudes et le règlement de l'hospice.

La religieuse, effarée, criait à Massouligny :

« Oh ! oh ! vous allez la rendre malade ; ne la faites pas rire comme ça, je vous en prie, monsieur. Oh ! monsieur... »

Puis elle se levait et se jetait sur Herbon pour lui arracher des mains un verre plein qu'il vidait prestement, entre les lèvres de la Putois.

Et le curé riait à se tordre, répétait à la sœur :

« Laissez donc, pour une fois, ça ne leur fait pas de mal. Laissez donc. »

Après les deux poules, on avait mangé le canard, flanqué des trois pigeons et du merle ; et l'oie parut, fumante, dorée, répandant une odeur chaude de viande rissolée et grasse.

La Paumelle, qui s'animait, battit des mains ; la Jean-Jean cessa de répondre aux questions nombreuses du baron, et la Putois poussa des grognements de joie, moitié cris et moitié soupirs, comme font les petits enfants à qui on montre des bonbons.

« Permettez-vous, dit le curé, que je me charge de cet animal ? Je m'entends comme personne à ces opérations-là.

— Mais certainement, monsieur l'Abbé. »

Et la sœur dit :

« Si on ouvrait un peu la fenêtre ? Elles ont trop chaud. Je suis sûre qu'elles seront malades. »

Je me tournai vers Marchas :

« Ouvre la fenêtre une minute. »

Il l'ouvrit, et l'air froid du dehors entra, fit vaciller les flammes des bougies et tournoyer la fumée de l'oie, dont le prêtre, une serviette au cou, soulevait les ailes avec science.

Nous le regardions faire, sans parler maintenant, intéressés par le travail alléchant de ses mains, saisis d'un renouveau d'appétit à la vue de cette grosse bête dorée, dont les membres tombaient l'un après l'autre dans la sauce brune, au fond du plat.

Et tout à coup, au milieu de ce silence gourmand qui nous tenait attentifs, entra, par la fenêtre ouverte, le bruit lointain d'un coup de feu.

Je fus debout si vite, que ma chaise roula derrière moi ; et je criai :

« Tout le monde à cheval ! Toi, Marchas, tu vas prendre deux hommes et aller aux nouvelles. Je t'attends ici dans cinq minutes. »

Et pendant que les trois cavaliers s'éloignaient au galop dans la nuit, je me mis en selle avec mes deux autres hussards, devant le perron de la villa, tandis que le curé, la sœur et

les trois bonnes femmes montraient aux fenêtres leurs têtes effarées.

On n'entendait plus rien, qu'un aboiement
de chien dans la campagne. La pluie avait ces-
sé ; il faisait froid, très froid. Et bientôt, je distinguai de nouveau le galop d'un cheval, d'un
seul cheval qui revenait.

C'était Marchas. Je lui criai :

« Eh bien ? »

Il répondit :

« Rien du tout, François a blessé un vieux
paysan, qui refusait de répondre au : "Qui
vive ?" et qui continuait d'avancer, malgré
l'ordre de passer au large. On l'apporte, d'ailleurs. Nous verrons ce que c'est. »

J'ordonnai de remettre les chevaux à l'écurie
et j'envoyai mes deux soldats au-devant des
autres, puis je rentrai dans la maison.

Alors le curé, Marchas et moi, nous descen-
dîmes un matelas dans le salon pour y déposer
le blessé ; la sœur, déchirant une serviette, se
mit à faire de la charpie, tandis que les trois
femmes éperdues restaient assises dans un
coin.

Bientôt, je distinguai un bruit de sabres traînés sur la route ; je pris une bougie pour éclai-
rer les hommes qui revenaient ; et ils parurent,
portant cette chose inerte, molle, longue et
sinistre, que devient un corps humain quand la
vie ne le soutient plus.

On déposa le blessé sur le matelas préparé pour lui ; et je vis du premier coup d'œil que c'était un moribond.

Il râlait et crachait du sang qui coulait des coins de ses lèvres, chassé de sa bouche à chacun de ses hoquets. L'homme en était couvert ! Ses joues, sa barbe, ses cheveux, son cou, ses vêtements, semblaient en avoir été frottés, avoir été baignés dans une cuve rouge. Et ce sang s'était figé sur lui, était devenu terne, mêlé de boue, horrible à voir.

Le vieillard, enveloppé dans une grande limousine de berger, entrouvrait par moments ses yeux mornes, éteints, sans pensée, qui paraissaient stupides d'étonnement, comme ceux des bêtes que le chasseur tue et qui le regardent, tombées à ses pieds, aux trois quarts mortes déjà, abruties par la surprise et par l'épouvante.

Le curé s'écria :

« Ah ! c'est le père Placide, le vieux pasteur des Moulins. Il est sourd, le pauvre, et n'a rien entendu. Ah ! mon Dieu ! vous avez tué ce malheureux ! »

La sœur avait écarté la blouse et la chemise, et regardait au milieu de la poitrine un petit trou violet qui ne saignait plus.

« Il n'y a rien à faire », dit-elle.

Le berger, haletant affreusement, crachait

toujours du sang avec chacun de ses derniers souffles, et on entendait dans sa gorge, jusqu'au fond de ses poumons, un gargouillement sinistre et continu.

Le curé, debout au-dessus de lui, leva sa main droite, décrivit le signe de la croix et prononça, d'une voix lente et solennelle, les paroles latines qui lavent les âmes.

Avant qu'il les eût achevées, le vieillard fut agité d'une courte secousse, comme si quelque chose venait de se briser en lui. Il ne respirait plus. Il était mort.

M'étant retourné, je vis un spectacle plus effrayant que l'agonie de ce misérable : les trois vieilles, debout, serrées l'une contre l'autre, hideuses, grimaçaient d'angoisse et d'horreur.

Je m'approchai d'elles, et elles se mirent à pousser des cris aigus, en essayant de se sauver, comme si j'allais les tuer aussi.

La Jean-Jean, que sa jambe brûlée ne portait plus, tomba tout de son long par terre.

La sœur Saint-Benoît, abandonnant le mort, courut vers ses infirmes, et sans un mot pour moi, sans un regard, les couvrit de leurs châles, leur donna leurs béquilles, les poussa vers la porte, les fit sortir et disparut avec elles dans la nuit profonde, si noire.

Je compris que je ne pouvais même les faire

accompagner par un hussard, car le seul bruit du sabre les eût affolées.

Le curé regardait toujours le mort.

S'étant enfin retourné vers moi :

« Ah ! quelle vilaine chose ! » dit-il.

AU BOIS

Le maire allait se mettre à table pour déjeuner quand on le prévint que le garde champêtre l'attendait à la mairie avec deux prisonniers.

Il s'y rendit aussitôt, et il aperçut en effet son garde champêtre, le père Hochedur, debout et surveillant d'un air sévère un couple de bourgeois mûrs.

L'homme, un gros père, à nez rouge et à cheveux blancs, semblait accablé ; tandis que la femme, une petite mère endimanchée, très ronde, très grasse, aux joues luisantes, regardait d'un œil de défi l'agent de l'autorité qui les avait captivés.

Le maire demanda :

« Qu'est-ce que c'est, père Hochedur ? »

Le garde champêtre fit sa déposition.

Il était sorti le matin, à l'heure ordinaire, pour accomplir sa tournée du côté des bois Champioux jusqu'à la frontière d'Argenteuil. Il n'avait rien remarqué d'insolite dans la campagne sinon qu'il faisait beau temps et que les

blés allaient bien, quand le fils aux Bredel, qui
binait sa vigne, avait crié :

« Hé, père Hochedur, allez voir au bord du
bois, au premier taillis, vous y trouverez une
couple de pigeons qu'ont bien cent trente ans à
eux deux. »

Il était parti dans la direction indiquée ; il
était entré dans le fourré et il avait entendu des
paroles et des soupirs qui lui firent supposer un
flagrant délit de mauvaises mœurs.

Donc, avançant sur ses genoux et sur ses
mains comme pour surprendre un braconnier,
il avait appréhendé le couple présent au
moment où il s'abandonnait à son instinct.

Le maire stupéfait considéra les coupables.
L'homme comptait bien soixante ans et la
femme au moins cinquante-cinq.

Il se mit à les interroger, en commençant par
le mâle, qui répondait d'une voix si faible
qu'on l'entendait à peine.

« Votre nom ?

— Nicolas Beaurain.

— Votre profession ?

— Mercier, rue des Martyrs, à Paris.

— Qu'est-ce que vous faisiez dans ce
bois ? »

Le mercier demeura muet, les yeux baissés
sur son gros ventre, les mains à plat sur ses
cuisses.

Le maire reprit :

« Niez-vous ce qu'affirme l'agent de l'autorité municipale ?

— Non, monsieur.

— Alors, vous avouez ?

— Oui, monsieur.

— Qu'avez-vous à dire pour votre défense ?

— Rien, monsieur.

— Où avez-vous rencontré votre complice ?

— C'est ma femme, monsieur.

— Votre femme ?

— Oui, monsieur.

— Alors... alors... vous ne vivez donc pas ensemble... à Paris ?

— Pardon, monsieur, nous vivons ensemble !

— Mais... alors... vous êtes fou, tout à fait fou, mon cher monsieur, de venir vous faire pincer ainsi, en plein champ, à dix heures du matin. »

Le mercier semblait prêt à pleurer de honte. Il murmura :

« C'est elle qui a voulu ça ! Je lui disais bien que c'était stupide. Mais quand une femme a quelque chose dans la tête... vous savez... elle ne l'a pas ailleurs. »

Le maire, qui aimait l'esprit gaulois, sourit et répliqua :

« Dans votre cas, c'est le contraire qui aurait

dû avoir lieu. Vous ne seriez pas ici si elle ne l'avait eu que dans la tête. »

Alors une colère saisit M. Beaurain et se tournant vers sa femme :

« Vois-tu où tu nous as menés avec ta poésie ? Hein, y sommes-nous ? Et nous irons devant les tribunaux, maintenant, à notre âge, pour attentat aux mœurs ! Et il nous faudra fermer boutique, vendre la clientèle et changer de quartier ! Y sommes-nous ? »

Mme Beaurain se leva et, sans regarder son mari, elle s'expliqua sans embarras, sans vaine pudeur, presque sans hésitation.

« Mon Dieu, monsieur le maire, je sais bien que nous sommes ridicules. Voulez-vous me permettre de plaider ma cause comme un avocat, ou mieux comme une pauvre femme ; et j'espère que vous voudrez bien nous renvoyer chez nous, et nous épargner la honte des poursuites.

« Autrefois, quand j'étais jeune, j'ai fait la connaissance de M. Beaurain dans ce pays-ci, un dimanche. Il était employé dans un magasin de mercerie ; moi j'étais demoiselle dans un magasin de confections. Je me rappelle de ça comme d'hier. Je venais passer les dimanches ici, de temps en temps, avec une amie, Rose Levêque, avec qui j'habitais rue Pigalle. Rose avait un bon ami, et moi pas. C'est lui qui nous conduisait ici.

Un samedi, il m'annonça, en riant, qu'il amènerait un camarade le lendemain. Je compris bien ce qu'il voulait ; mais je répondis que c'était inutile. J'étais sage, monsieur.

« Le lendemain donc, nous avons trouvé au chemin de fer M. Beaurain. Il était bien de sa personne à cette époque-là. Mais j'étais décidée à ne pas céder, et je ne cédai pas non plus.

« Nous voici donc arrivés à Bezons. Il faisait un temps superbe, de ces temps qui vous cha-touillent le cœur. Moi, quand il fait beau, aussi bien maintenant qu'autrefois, je deviens bête à pleurer, et quand je suis à la campagne je perds la tête. La verdure, les oiseaux qui chantent, les blés qui remuent au vent, les hirondelles qui vont si vite, l'odeur de l'herbe, les coquelicots, les marguerites, tout ça me rend folle ! C'est comme le champagne quand on n'en a pas l'habitude !

« Donc il faisait un temps superbe, et doux, et clair, qui vous entrait dans le corps par les yeux en regardant et par la bouche en respirant. Rose et Simon s'embrassaient toutes les minu-tes ! Ça me faisait quelque chose de les voir. M. Beaurain et moi nous marchions derrière eux, sans guère parler. Quand on ne se connaît pas on ne trouve rien à se dire. Il avait l'air timide, ce garçon, et ça me plaisait de le voir embarrassé. Nous voici arrivés dans le petit bois. Il y faisait frais comme dans un bain, et tout le monde s'assit sur l'herbe. Rose et son ami me plaisantaient sur ce que j'avais l'air sévère ; vous comprenez bien que je ne pouvais pas être autrement. Et puis voilà qu'ils recommencent à s'embrasser sans plus se gêner que si nous n'étions pas là ; et puis ils se sont parlé tout bas ; et puis ils se sont levés et ils sont partis dans les feuilles sans rien dire. Jugez quelle sotte figure je faisais, moi, en face de ce garçon que je voyais pour la première fois. Je me sentais tellement confuse de les voir partir ainsi que ça me donna du courage ; et je me suis mise à parler. Je lui demandai ce qu'il faisait ; il était commis de mercerie, comme je vous l'ai appris tout à l'heure. Nous causâmes donc quelques instants ; ça l'enhardit, lui, et il voulut prendre des privautés, mais je le remis à sa place, et roide, encore. Est-ce pas vrai, monsieur Beaurain ? »

M. Beaurain, qui regardait ses pieds avec confusion, ne répondit pas.

Elle reprit : « Alors il a compris que j'étais sage, ce garçon, et il s'est mis à me faire la cour gentiment, en honnête homme. Depuis ce jour il est revenu tous les dimanches. Il était très amoureux de moi, monsieur. Et moi aussi je l'aimais beaucoup, mais là, beaucoup ! c'était un beau garçon, autrefois.

« Bref, il m'épousa en septembre et nous prîmes notre commerce rue des Martyrs.

« Ce fut dur pendant des années, monsieur.
Les affaires n'allaient pas ; et nous ne pou-
vions guère nous payer des parties de campagne. Et puis, nous en avions perdu l'habitude.
On a autre chose en tête ; on pense à la caisse
plus qu'aux fleurettes, dans le commerce. Nous
vieillissions, peu à peu, sans nous en apercevoir, en gens tranquilles qui ne pensent plus
guère à l'amour. On ne regrette rien tant qu'on
ne s'aperçoit pas que ça vous manque.

« Et puis, monsieur, les affaires ont mieux
été, nous nous sommes rassurés sur l'avenir !
Alors, voyez-vous, je ne sais pas trop ce qui
s'est passé en moi, non, vraiment, je ne sais
pas !

« Voilà que je me suis remise à rêver comme
une petite pensionnaire. La vue des voiturettes
de fleurs qu'on traîne dans les rues me tirait les
larmes. L'odeur des violettes venait me chercher à mon fauteuil, derrière ma caisse, et me
faisait battre le cœur ! Alors je me levais et je
m'en venais sur le pas de ma porte pour regarder le bleu du ciel entre les toits. Quand on
regarde le ciel dans une rue, ça a l'air d'une
rivière, d'une longue rivière qui descend sur
Paris en se tortillant ; et les hirondelles passent
dedans comme des poissons. C'est bête comme
tout, ces choses-là, à mon âge ! Que voulez-
vous, monsieur, quand on a travaillé toute sa
vie, il vient un moment où on s'aperçoit qu'on

aurait pu faire autre chose, et, alors, on
regrette, oh ! oui, on regrette ! Songez donc
que, pendant vingt ans, j'aurais pu aller cueillir
des baisers dans les bois, comme les autres,
comme les autres femmes. Je songeais comme
c'est bon d'être couché sous les feuilles en
aimant quelqu'un ! Et j'y pensais tous les
jours, toutes les nuits ! Je rêvais de clairs de
lune sur l'eau jusqu'à avoir envie de me noyer.

« Je n'osais pas parler de ça à M. Beaurain
dans les premiers temps. Je savais bien qu'il se
moquerait de moi et qu'il me renverrait vendre
mon fil et mes aiguilles ! Et puis, à vrai dire,
M. Beaurain ne me disait plus grand-chose ;
mais en me regardant dans ma glace, je com-
prenais bien aussi que je ne disais plus rien à
personne, moi !

« Donc, je me décidai et je lui proposai une
partie de campagne au pays où nous nous
étions connus. Il accepta sans défiance et nous
voici arrivés, ce matin, vers les neuf heures.

« Moi je me sentis toute retournée quand
je suis entrée dans les blés. Ça ne vieillit pas,
le cœur des femmes ! Et, vrai, je ne voyais
plus mon mari tel qu'il est, mais bien tel qu'il
était autrefois ! Ça, je vous le jure, monsieur.
Vrai de vrai, j'étais grise. Je me mis à
l'embrasser ; il en fut plus étonné que si j'avais
voulu l'assassiner. Il me répétait : "Mais tu es
folle. Mais tu es folle, ce matin. Qu'est-ce qui

te prend ?..." Je ne l'écoutais pas, moi, je n'écoutais que mon cœur. Et je le fis entrer dans le bois... Et voilà !... j'ai dit la vérité, monsieur le maire, toute la vérité. »

Le maire était un homme d'esprit. Il se leva, sourit, et dit : « Allez en paix, madame, et ne péchez plus... sous les feuilles. »

UNE FAMILLE

J'allais revoir mon ami Simon Radevin que je n'avais point aperçu depuis quinze ans.

Autrefois c'était mon meilleur ami, l'ami de ma pensée, celui avec qui on passe les longues soirées tranquilles et gaies, celui à qui on dit les choses intimes du cœur, pour qui on trouve, en causant doucement, les idées rares, fines, ingénieuses, délicates, nées de la sympathie même qui excite l'esprit et le met à l'aise.

Pendant bien des années, nous ne nous étions guère quittés. Nous avions vécu, voyagé, songé, rêvé ensemble, aimé les mêmes choses d'un même amour, admiré les mêmes livres, compris les mêmes œuvres, frémi des mêmes sensations, et si souvent ri des mêmes êtres que nous nous comprenions complètement, rien qu'en échangeant un coup d'œil.

Puis il s'était marié. Il avait épousé tout à coup une fillette de province venue à Paris pour chercher un fiancé. Comment cette petite blondasse, maigre, aux mains niaises, aux yeux

clairs et vides, à la voix fraîche et bête, pareille
à cent mille poupées à marier, avait-elle cueilli
ce garçon intelligent et fin ? Peut-on comprendre ces choses-là ? Il avait sans doute
espéré le bonheur, lui, le bonheur simple, doux
et long entre les bras d'une femme bonne,
tendre et fidèle ; et il avait entrevu tout cela,
dans le regard transparent de cette gamine
aux cheveux pâles.

Il n'avait pas songé que l'homme actif,
vivant et vibrant, se fatigue de tout dès qu'il a
saisi la stupide réalité, à moins qu'il ne s'abru-
tisse au point de ne plus rien comprendre.

Comment allais-je le retrouver ? Toujours
vif, spirituel, rieur et enthousiaste, ou bien
endormi par la vie provinciale ? Un homme
peut changer en quinze ans !

Le train s'arrêta dans une petite gare.
Comme je descendais de wagon, un gros, très
gros homme, aux joues rouges, au ventre
rebondi, s'élança vers moi, les bras ouverts, en
criant : « Georges. » Je l'embrassai, mais je ne
l'avais pas reconnu. Puis je murmurai stupéfait : « Cristi, tu n'as pas maigri. » Il répondit
en riant : « Que veux-tu ? La bonne vie ! la
bonne table ! les bonnes nuits ! Manger et dormir voilà mon existence ! »

Je le contemplai, cherchant dans cette large
figure les traits aimés. L'œil seul n'avait point

changé ; mais je ne retrouvais plus le regard et je me disais : « S'il est vrai que le regard est le reflet de la pensée, la pensée de cette tête-là n'est plus celle d'autrefois, celle que je connaissais si bien. »

L'œil brillait pourtant, plein de joie et d'amitié ; mais il n'avait plus cette clarté intelligente qui exprime, autant que la parole, la valeur d'un esprit.

Tout à coup, Simon me dit :

« Tiens, voici mes deux aînés. »

Une fillette de quatorze ans, presque femme, et un garçon de treize ans, vêtu en collégien, s'avancèrent d'un air timide et gauche.

Je murmurai : « C'est à toi ? »

Il répondit en riant : « Mais, oui.

— Combien en as-tu donc ?

— Cinq ! Encore trois restés à la maison ! »

Il avait répondu cela d'un air fier, content, presque triomphant ; et moi je me sentais saisi d'une pitié profonde, mêlée d'un vague mépris, pour ce reproducteur orgueilleux et naïf qui passait ses nuits à faire des enfants entre deux sommes, dans sa maison de province, comme un lapin dans une cage.

Je montai dans une voiture qu'il conduisait lui-même et nous voici partis à travers la ville, triste ville, somnolente et terne où rien ne remuait par les rues, sauf quelques chiens et deux ou trois bonnes. De temps en temps, un

boutiquier, sur sa porte, ôtait son chapeau ;
Simon rendait le salut et nommait l'homme
pour me prouver sans doute qu'il connaissait
tous les habitants par leur nom. La pensée me
vint qu'il songeait à la députation, ce rêve de
tous les enterrés de province.

On eut vite traversé la cité, et la voiture
entra dans un jardin qui avait des prétentions
de parc, puis s'arrêta devant une maison à
tourelles qui cherchait à passer pour château.

« Voilà mon trou », disait Simon, pour obtenir un compliment.

Je répondis.

« C'est délicieux. »

Sur le perron, une dame apparut, parée pour
la visite, coiffée pour la visite, avec des phrases prêtes pour la visite. Ce n'était plus la
fillette blonde et fade que j'avais vue à l'église
quinze ans plus tôt, mais une grosse dame à
falbalas et à frisons, une de ces dames sans
âge, sans caractère, sans élégance, sans esprit,
sans rien de ce qui constitue une femme.
C'était une mère, enfin, une grosse mère
banale, la pondeuse, la poulinière humaine, la
machine de chair qui procrée sans autre préoccupation dans l'âme que ses enfants et son
livre de cuisine.

Elle me souhaita la bienvenue et j'entrai
dans le vestibule où trois mioches alignés par

rang de taille semblaient placés là pour une revue comme des pompiers devant un maire.

Je dis :

« Ah, ah ! voici les autres ? »

Simon, radieux, les nomma : « Jean, Sophie et Gontran. »

La porte du salon était ouverte. J'y pénétrai et j'aperçus au fond d'un fauteuil quelque chose qui tremblotait, un homme, un vieux homme paralysé.

Mme Radevin s'avança :

« C'est mon grand-père, monsieur. Il a quatre-vingt-sept ans. »

Puis elle cria dans l'oreille du vieillard trépidant :

« C'est un ami de Simon, papa. » L'ancêtre fit un effort pour me dire bonjour et il vagit : « Oua, oua, oua » en agitant sa main. Je répondis : « Vous êtes trop aimable, monsieur », et je tombai sur un siège.

Simon venait d'entrer ; il riait :

« Ah ! ah ! tu as fait la connaissance de bonpapa. Il est impayable, ce vieux ; c'est la distraction des enfants. Il est gourmand, mon cher, à se faire mourir à tous les repas. Tu ne te figures point ce qu'il mangerait si on le laissait libre. Mais tu verras, tu verras. Il fait de l'œil aux plats sucrés comme si c'étaient des demoiselles. Tu n'as jamais rien rencontré de plus drôle, tu verras tout à l'heure. »

Puis on me conduisit dans ma chambre, pour faire ma toilette, car l'heure du dîner approchait. J'entendais dans l'escalier un grand piétinement et je me retournai. Tous les enfants me suivaient en procession, derrière leur père, sans doute pour me faire honneur.

Ma chambre donnait sur la plaine, une plaine sans fin, toute nue, un océan d'herbes, de blés et d'avoine, sans un bouquet d'arbres ni un coteau, image saisissante et triste de la vie qu'on devait mener dans cette maison.

Une cloche sonna. C'était pour le dîner. Je descendis.

Mme Radevin prit mon bras d'un air cérémonieux et on passa dans la salle à manger. Un domestique roulait le fauteuil du vieux qui, à peine placé devant son assiette, promena sur le dessert un regard avide et curieux en tournant avec peine, d'un plat vers l'autre, sa tête branlante.

Alors Simon se frotta les mains : « Tu vas t'amuser », me dit-il. Et tous les enfants, comprenant qu'on allait me donner le spectacle de grand-papa gourmand, se mirent à rire en même temps, tandis que leur mère souriait seulement en haussant les épaules.

Radevin se mit à hurler vers le vieillard en formant porte-voix de ses mains :

« Nous avons ce soir de la crème au riz sucré. »

La face ridée de l'aïeul s'illumina et il trembla plus fort de haut en bas, pour indiquer qu'il avait compris et qu'il était content.

Et on commença à dîner.

« Regarde », murmura Simon. Le grand-père n'aimait pas la soupe et refusait d'en manger. On l'y forçait, pour sa santé ; et le domestique lui enfonçait de force dans la bouche la cuiller pleine, tandis qu'il soufflait avec énergie, pour ne pas avaler le bouillon rejeté ainsi en jet d'eau sur la table et sur ses voisins.

Les petits-enfants se tordaient de joie, tandis que leur père, très content, répétait : « Est-il drôle, ce vieux ? »

Et tout le long du repas on ne s'occupa que de lui. Il dévorait du regard les plats posés sur la table ; et de sa main follement agitée essayait de les saisir et de les attirer à lui. On les posait presque à portée pour voir ses efforts éperdus, son élan tremblotant vers eux, l'appel désolé de tout son être, de son œil, de sa bouche, de son nez qui les flairait. Et il bavait d'envie sur sa serviette en poussant des grognements inarticulés. Et toute la famille se réjouissait de ce supplice odieux et grotesque.

Puis on lui servait sur son assiette un tout petit morceau qu'il mangeait avec une gloutonnerie fiévreuse, pour avoir plus vite autre chose.

Quand arriva le riz sucré, il eut presque une convulsion. Il gémissait de désir.

Gontran lui cria : « Vous avez trop mangé, vous n'en aurez pas. » Et on fit semblant de ne lui en point donner.

Alors il se mit à pleurer. Il pleurait en tremblant plus fort, tandis que tous les enfants riaient.

On lui apporta enfin sa part, une toute petite part ; et il fit, en mangeant la première bouchée de l'entremets, un bruit de gorge comique et glouton, et un mouvement du cou pareil à celui des canards qui avalent un morceau trop gros.

Puis, quand il eut fini, il se mit à trépigner pour en obtenir encore.

Pris de pitié, devant la torture de ce Tantale attendrissant et ridicule, j'implorai pour lui : « Voyons, donne-lui encore un peu de riz ? »

Simon répondit : « Oh ! non, mon cher, s'il mangeait trop, à son âge, ça pourrait lui faire mal. »

Je me tus, rêvant sur cette parole. Ô morale, ô logique, ô sagesse ! À son âge ! Donc, on le privait du seul plaisir qu'il pouvait encore goûter, par souci de sa santé ! Sa santé ! qu'en ferait-il, ce débris inerte et tremblotant ? On ménageait ses jours, comme on dit ? Ses jours ? Combien de jours, dix, vingt, cinquante ou cent ? Pourquoi ? Pour lui ? ou pour conserver plus longtemps à la famille le spectacle de sa gourmandise impuissante ?

Il n'avait plus rien à faire en cette vie, plus rien. Un seul désir lui restait, une seule joie ; pourquoi ne pas lui donner entièrement cette joie dernière, la lui donner jusqu'à ce qu'il en mourût ?

Puis, après une longue partie de cartes, je montai dans ma chambre pour me coucher : j'étais triste, triste, triste !

Et je me mis à ma fenêtre. On n'entendait rien au-dehors qu'un très léger, très doux, très joli gazouillement d'oiseau dans un arbre, quelque part. Cet oiseau devait chanter ainsi, à voix basse, dans la nuit, pour bercer sa femelle endormie sur ses œufs.

Et je pensai aux cinq enfants de mon pauvre ami, qui devait ronfler maintenant aux côtés de sa vilaine femme.

JOSEPH

Elles étaient grises, tout à fait grises, la petite baronne Andrée de Fraisières et la petite comtesse Noëmi de Gardens. Elles avaient dîné en tête à tête, dans le salon vitré qui regardait la mer. Par les fenêtres ouvertes, la brise molle d'un soir d'été entrait, tiède et fraîche en même temps, une brise savoureuse d'océan. Les deux jeunes femmes, étendues sur leurs chaises longues, buvaient maintenant de minute en minute une goutte de chartreuse en fumant des cigarettes, et elles se faisaient des confidences intimes, des confidences que seule cette jolie ivresse inattendue pouvait amener sur leurs lèvres.

Leurs maris étaient retournés à Paris dans l'après-midi, les laissant seules sur cette petite plage déserte qu'ils avaient choisie pour éviter les rôdeurs galants des stations à la mode. Absents cinq jours sur sept, ils redoutaient les parties de campagne, les déjeuners sur l'herbe, les leçons de natation et la rapide familiarité qui naît dans le désœuvrement des villes d'eaux. Dieppe, Étretat, Trouville leur paraissant donc à craindre, ils avaient loué une maison bâtie et abandonnée par un original dans le vallon de Roqueville[1], près Fécamp, et ils avaient enterré là leurs femmes pour tout l'été.

Elles étaient grises. Ne sachant qu'inventer pour se distraire, la petite baronne avait proposé à la petite comtesse un dîner fin, au champagne. Elles s'étaient d'abord beaucoup amusées à cuisiner elles-mêmes ce dîner ; puis elles l'avaient mangé avec gaieté en buvant ferme pour calmer la soif qu'avait éveillée dans leur gorge la chaleur des fourneaux. Maintenant elles bavardaient et déraisonnaient à l'unisson en fumant des cigarettes et en se gargarisant doucement avec la chartreuse. Vraiment, elles ne savaient plus du tout ce qu'elles disaient.

La comtesse, les jambes en l'air sur le dossier d'une chaise, était plus partie encore que son amie.

« Pour finir une soirée comme celle-là, disait-elle, il nous faudrait des amoureux. Si j'avais prévu ça tantôt, j'en aurais fait venir deux de Paris et je t'en aurais cédé un...

— Moi, reprit l'autre, j'en trouve toujours ; même ce soir, si j'en voulais un, je l'aurais.

---

1. Roqueville ne figure sur aucune carte.

— Allons donc ! À Roqueville, ma chère ?
un paysan, alors.

— Non, pas tout à fait.

— Alors, raconte-moi.

— Qu'est-ce que tu veux que je te raconte ?

— Ton amoureux ?

— Ma chère, moi je ne peux pas vivre sans
être aimée. Si je n'étais pas aimée, je me croirais morte.

— Moi aussi.

— N'est-ce pas ?

— Oui. Les hommes ne comprennent pas
ça ! nos maris surtout !

— Non, pas du tout. Comment veux-tu qu'il
en soit autrement ? L'amour qu'il nous faut est
fait de gâteries, de gentillesses, de galanteries.
C'est la nourriture de notre cœur, ça. C'est
indispensable à notre vie, indispensable, indispensable...

— Indispensable.

— Il faut que je sente que quelqu'un pense
à moi, toujours, partout. Quand je m'endors,
quand je m'éveille, il faut que je sache qu'on
m'aime quelque part, qu'on rêve de moi, qu'on
me désire. Sans cela je serais malheureuse,
malheureuse. Oh ! mais malheureuse à pleurer
tout le temps.

— Moi aussi.

— Songe donc que c'est impossible autrement. Quand un mari a été gentil pendant six

mois, ou un an, ou deux ans, il devient forcé-
ment une brute, oui, une vraie brute... Il ne se
gêne plus pour rien, il se montre tel qu'il est, il
fait des scènes pour les notes, pour toutes les
notes. On ne peut pas aimer quelqu'un avec qui
on vit toujours.

— Ça, c'est bien vrai.

— N'est-ce pas ?... Où donc en étais-je ? Je
ne me rappelle plus du tout.

— Tu disais que tous les maris sont des
brutes !

— Oui, des brutes... tous.

— C'est vrai.

— Et après ?...

— Quoi, après ?

— Qu'est-ce que je disais après ?

— Je ne sais pas, moi, puisque tu ne l'as pas
dit !

— J'avais pourtant quelque chose à te
raconter.

— Oui, c'est vrai, attends ?... Ah ! j'y suis...

— Je t'écoute.

— Je te disais donc que moi, je trouve partout des amoureux.

— Comment fais-tu ?

— Voilà. Suis-moi bien. Quand j'arrive
dans un pays nouveau, je prends des notes et je
fais mon choix.

— Tu fais ton choix ?

— Oui, parbleu. Je prends des notes

d'abord. Je m'informe. Il faut avant tout qu'un homme soit discret, riche et généreux, n'est-ce pas ?

— C'est vrai ?

— Et puis, il faut qu'il me plaise comme homme.

— Nécessairement.

— Alors je l'amorce.

— Tu l'amorces ?

— Oui, comme on fait pour prendre du poisson. Tu n'as jamais pêché à la ligne ?

— Non, jamais.

— Tu as eu tort. C'est très amusant. Et puis c'est instructif. Donc, je l'amorce...

— Comment fais-tu !

— Bête, va. Est-ce qu'on ne prend pas les hommes qu'on veut prendre, comme s'ils avaient le choix ! Et ils croient choisir encore... ces imbéciles... mais c'est nous qui choisissons... toujours... Songe donc, quand on n'est pas laide, et pas sotte, comme nous, tous les hommes sont des prétendants, tous, sans exception. Nous, nous les passons en revue du matin au soir, et quand nous en avons visé un, nous l'amorçons...

— Ça ne me dit pas comment tu fais ?

— Comment je fais ?... mais je ne fais rien. Je me laisse regarder, voilà tout.

— Tu te laisses regarder ?...

— Mais oui. Ça suffit. Quand on s'est laissé

regarder plusieurs fois de suite, un homme vous trouve aussitôt la plus jolie et la plus séduisante de toutes les femmes. Alors il commence à vous faire la cour. Moi je lui laisse comprendre qu'il n'est pas mal, sans rien dire, bien entendu ; et il tombe amoureux comme un bloc. Je le tiens. Et ça dure plus ou moins, selon ses qualités.

— Tu prends comme ça tous ceux que tu veux ?

— Presque tous.

— Alors, il y en a qui résistent ?

— Quelquefois.

— Pourquoi ?

— Oh ! Pourquoi ? On est Joseph pour trois raisons. Parce qu'on est très amoureux d'une autre. Parce qu'on est d'une timidité excessive et parce qu'on est... comment dirai-je ?... incapable de mener jusqu'au bout la conquête d'une femme...

— Oh ! ma chère !... Tu crois ?...

— Oui... oui... J'en suis sûre... il y en a beaucoup de cette dernière espèce, beaucoup, beaucoup... beaucoup plus qu'on ne croit. Oh ! ils ont l'air de tout le monde... ils sont habillés comme les autres... ils font les paons... Quand je dis les paons... je me trompe, ils ne pourraient pas se déployer.

— Oh ! ma chère...

— Quant aux timides, ils sont quelquefois

d'une sottise imprenable. Ce sont des hommes qui ne doivent pas savoir se déshabiller, même pour se coucher tout seuls, quand ils ont une glace dans leur chambre. Avec ceux-là, il faut être énergique, user du regard et de la poignée de main. C'est même quelquefois inutile. Ils ne savent jamais comment ni par où commencer. Quand on perd connaissance devant eux, comme dernier moyen... ils vous soignent... Et pour peu qu'on tarde à reprendre ses sens... ils vont chercher du secours.

« Ceux que je préfère, moi, ce sont les amoureux des autres. Ceux-là, je les enlève d'assaut, à... à... à... à la baïonnette, ma chère !

— C'est bon, tout ça, mais quand il n'y a pas d'hommes, comme ici, par exemple.

— J'en trouve.

— Tu en trouves. Où ça ?

— Partout. Tiens, ça me rappelle mon histoire.

« Voilà deux ans, cette année, que mon mari m'a fait passer l'été dans sa terre de Bougrolles. Là, rien... mais tu entends, rien de rien, de rien, de rien ! Dans les manoirs des environs, quelques lourdauds dégoûtants, des chasseurs de poil et de plume vivant dans des châteaux sans baignoires, de ces hommes qui transpirent et se couchent par là-dessus, et qu'il serait impossible de corriger, parce qu'ils ont des principes d'existence malpropres.

« Devine ce que j'ai fait ?

— Je ne devine pas.

— Ah ! ah ! ah ! Je venais de lire un tas de romans de George Sand pour l'exaltation de l'homme du peuple, des romans où les ouvriers sont sublimes et tous les hommes du monde criminels. Ajoute à cela que j'avais vu *Ruy Blas* l'hiver précédent et que ça m'avait beaucoup frappée. Eh bien ! un de nos fermiers avait un fils, un beau gars de vingt-deux ans, qui avait étudié pour être prêtre, puis quitté le séminaire par dégoût. Eh bien, je l'ai pris comme domestique !

— Oh !... Et après !...

— Après... après, ma chère, je l'ai traité de très haut, en lui montrant beaucoup de ma personne. Je ne l'ai pas amorcé, celui-là, ce rustre, je l'ai allumé !...

— Oh ! Andrée !

— Oui, ça m'amusait même beaucoup. On dit que les domestiques, ça ne compte pas ! Eh bien, il ne comptait point. Je le sonnais pour les ordres chaque matin quand ma femme de chambre m'habillait, et aussi chaque soir quand elle me déshabillait.

— Oh ! Andrée !

— Ma chère, il a flambé comme un toit de paille. Alors, à table, pendant les repas, je n'ai plus parlé que de propreté, de soins du corps, de douches, de bains. Si bien qu'au bout de

quinze jours il se trempait matin et soir dans
la rivière, puis se parfumait à empoisonner le
château. J'ai même été obligée de lui interdire
les parfums, en lui disant, d'un air furieux, que
les hommes ne devaient jamais employer que
l'eau de Cologne.

— Oh ! Andrée !

— Alors, j'ai eu l'idée d'organiser une
bibliothèque de campagne. J'ai fait venir quelques centaines de romans moraux que je prê-
tais à tous nos paysans et à mes domestiques.
Il s'était glissé dans ma collection quelques
livres... quelques livres... poétiques... de ceux
qui troublent les âmes... des pensionnaires et
des collégiens... Je les ai donnés à mon valet
de chambre. Ça lui a appris la vie... une drôle
de vie.

— Oh... Andrée !

— Alors, je suis devenue familière avec lui,
je me suis mise à le tutoyer. Je l'avais nommé
Joseph[1]. Ma chère, il était dans un état... dans
un état effrayant... Il devenait maigre comme...
comme un coq... et il roulait des yeux de fou.

---

1. Pourquoi Joseph ? Le Joseph sans doute de Mme Puti-
phar. Mais on appelle en général Joseph les timides, les ver-
tueux intraitables ou ceux qui, comme il est dit plus haut, sont
« incapables de mener jusqu'au bout la conquête d'une
femme », alors que notre Joseph s'acquitte parfaitement, au
moins une fois, de ses devoirs et ne demande de toute évidence
qu'à recommencer.

Moi je m'amusais énormément. C'est un de mes meilleurs étés...

— Et après ?...

— Après... oui... Eh bien, un jour que mon mari était absent, je lui ai dit d'atteler le panier pour me conduire dans les bois. Il faisait très chaud, très chaud... Voilà !

— Oh ! Andrée, dis-moi tout... Ça m'amuse tant.

— Tiens, bois un verre de chartreuse, sans ça je finirais le carafon toute seule. Eh bien, après, je me suis trouvée mal en route.

— Comment ça ?

— Que tu es bête. Je lui ai dit que j'allais me trouver mal et qu'il fallait me porter sur l'herbe. Et puis quand j'ai été sur l'herbe, j'ai suffoqué et je lui ai dit de me délacer. Et puis, quand j'ai été délacée, j'ai perdu connaissance.

— Tout à fait ?

— Oh non, pas du tout.

— Eh bien ?

— Eh bien ! j'ai été obligée de rester près d'une heure sans connaissance. Il ne trouvait pas de remède. Mais j'ai été patiente, et je n'ai rouvert les yeux qu'après sa chute.

— Oh ! Andrée !... Et qu'est-ce que tu lui as dit ?

— Moi, rien ! Est-ce que je savais quelque chose, puisque j'étais sans connaissance ? Je l'ai remercié. Je lui ai dit de me remettre en voiture ; et il m'a ramenée au château. Mais il a failli verser en tournant la barrière !

— Oh ! Andrée ! Et c'est tout ?...

— C'est tout...

— Tu n'as perdu connaissance qu'une fois ?

— Rien qu'une fois, parbleu ! Je ne voulais pas faire mon amant de ce goujat.

— L'as-tu gardé longtemps après ça ?

— Mais oui. Je l'ai encore. Pourquoi est-ce que je l'aurais renvoyé ? Je n'avais pas à m'en plaindre.

— Oh ! Andrée ! Et il t'aime toujours ?

— Parbleu !

— Où est-il ? »

La petite baronne étendit la main vers la muraille et poussa le timbre électrique. La porte s'ouvrit presque aussitôt, et un grand valet entra qui répandait autour de lui une forte senteur d'eau de Cologne.

La baronne lui dit : « Joseph, mon garçon, j'ai peur de me trouver mal, va me chercher ma femme de chambre. »

L'homme demeurait immobile comme un soldat devant un officier, et fixait un regard ardent sur sa maîtresse qui reprit : « Mais va donc vite, grand sot, nous ne sommes pas dans le bois aujourd'hui, et Rosalie me soignera mieux que toi. »

Il tourna sur ses talons et sortit.

La petite comtesse, effarée, demanda :

« Et qu'est-ce que tu diras à ta femme de chambre ?

— Je lui dirai que c'est passé. Non, je me ferai tout de même délacer. Ça me soulagera la poitrine, car je ne peux plus respirer. Je suis grise... ma chère... mais grise à tomber si je me levais. »

L'AUBERGE

Pareille à toutes les hôtelleries de bois plan-
tées dans les Hautes-Alpes, au pied des gla-
ciers, dans ces couloirs rocheux et nus qui cou-
pent les sommets blancs des montagnes,
l'auberge de Schwarenbach sert de refuge aux
voyageurs qui suivent le passage de la
Gemmi [1].

Pendant six mois elle reste ouverte, habitée
par la famille de Jean Hauser ; puis, dès que les
neiges s'amoncellent, emplissant le vallon et

1. Schwarenbach et le passage de la Gemmi sont des lieux
réels, comme les lacs et les sommets évoqués plus loin. Le
séjour qu'il avait fait à Loëche remontant à près de dix ans au
moment où il écrit *L'Auberge*, ou bien Maupassant avait une
mémoire exceptionnelle ou bien il a consulté un guide pour
localiser au plus précis son histoire (ce qu'en général il ne fait
pas). La qualité descriptive du récit est d'autant plus remarquable que Maupassant était assez peu familier des paysages de
montagne. Nous ne savons pas quelles furent ses impressions
lors de son séjour à Loëche mais la haute montagne, qui est en
général associée à des images de paix, de liberté, de silence
bienfaisant, est devenue, dans le souvenir, le lieu même de l'angoisse.

rendant impraticable la descente sur Loëche, les femmes, le père et les trois fils s'en vont, et laissent pour garder la maison le vieux guide Gaspard Hari avec le jeune guide Ulrich Kunsi, et Sam le gros chien de montagne.

Les deux hommes et la bête demeurent jusqu'au printemps dans cette prison de neige, n'ayant devant les yeux que la pente immense et blanche du Balmhorn, entourés de sommets pâles et luisants, enfermés, bloqués, ensevelis sous la neige qui monte autour d'eux, enveloppe, étreint, écrase la petite maison, s'amoncelle sur le toit, atteint les fenêtres et mure la porte.

C'était le jour où la famille Hauser allait retourner à Loëche, l'hiver approchant et la descente devenant périlleuse.

Trois mulets partirent en avant, chargés de hardes et de bagages et conduits par les trois fils. Puis la mère, Jeanne Hauser, et sa fille Louise montèrent sur un quatrième mulet, et se mirent en route à leur tour.

Le père les suivait accompagné des deux gardiens qui devaient escorter la famille jusqu'au sommet de la descente.

Ils contournèrent d'abord le petit lac, gelé maintenant au fond du grand trou de rochers qui s'étend devant l'auberge, puis ils suivirent le vallon clair comme un drap et dominé de tous côtés par des sommets de neige.

Une averse de soleil tombait sur ce désert blanc éclatant et glacé, l'allumait d'une flamme aveuglante et froide ; aucune vie n'apparaissait dans cet océan des monts ; aucun mouvement dans cette solitude démesurée ; aucun bruit n'en troublait le profond silence.

Peu à peu, le jeune guide Ulrich Kunsi, un grand Suisse aux longues jambes, laissa derrière lui le père Hauser et le vieux Gaspard Hari, pour rejoindre le mulet qui portait les deux femmes.

La plus jeune le regardait venir, semblait l'appeler d'un œil triste. C'était une petite paysanne blonde, dont les joues laiteuses et les cheveux pâles paraissaient décolorés par les longs séjours au milieu des glaces.

Quand il eut rejoint la bête qui la portait, il posa la main sur la croupe et ralentit le pas. La mère Hauser se mit à lui parler, énumérant avec des détails infinis toutes les recommandations de l'hivernage. C'était la première fois qu'il restait là-haut tandis que le vieux Hari avait déjà passé quatorze hivers sous la neige dans l'auberge de Schwarenbach.

Ulrich Kunsi écoutait, sans avoir l'air de comprendre, et regardait sans cesse la jeune fille. De temps en temps il répondait : « Oui, madame Hauser. » Mais sa pensée semblait loin et sa figure calme demeurait impassible.

Ils atteignirent le lac de Daube, dont la

longue surface gelée s'étendait, toute plate, au fond du val. À droite, le Daubenhorn montrait ses rochers noirs dressés à pic auprès des énormes moraines du glacier de Lœmmern que dominait le Wildstrubel.

Comme ils approchaient du col de la Gemmi, où commence la descente sur Loëche, ils découvrirent tout à coup l'immense horizon des Alpes du Valais dont les séparait la profonde et large vallée du Rhône.

C'était, au loin, un peuple de sommets blancs, inégaux, écrasés ou pointus et luisants sous le soleil : le Mischabel avec ses deux cornes, le puissant massif du Wissehorn, le lourd Brunnegghorn, la haute et redoutable pyramide du Cervin, ce tueur d'hommes et la Dent-Blanche, cette monstrueuse coquette.

Puis, au-dessous d'eux, dans un trou démesuré, au fond d'un abîme effrayant, ils aperçurent Loëche, dont les maisons semblaient des grains de sable jetés dans cette crevasse énorme que finit et que ferme la Gemmi, et qui s'ouvre, là-bas, sur le Rhône.

Le mulet s'arrêta au bord du sentier qui va, serpentant, tournant sans cesse et revenant, fantastique et merveilleux, le long de la montagne droite, jusqu'à ce petit village presque invisible, à son pied. Les femmes sautèrent dans la neige.

Les deux vieux les avaient rejoints.

« Allons, dit le père Hauser, adieu et bon courage, à l'an prochain, les amis. »

Le père Hari répéta : « À l'an prochain. »

Ils s'embrassèrent. Puis Mme Hauser, à son tour, tendit ses joues ; et la jeune fille en fit autant.

Quand ce fut le tour d'Ulrich Kunsi, il murmura dans l'oreille de Louise : « N'oubliez point ceux d'en haut. » Elle répondit « non » si bas qu'il devina sans l'entendre.

« Allons, adieu, répéta Jean Hauser, et bonne santé. »

Et, passant devant les femmes, il commença à descendre.

Ils disparurent bientôt tous les trois au premier détour du chemin.

Et les deux hommes s'en retournèrent vers l'auberge de Schwarenbach.

Ils allaient lentement, côte à côte, sans parler. C'était fini, ils resteraient seuls, face à face, quatre ou cinq mois.

Puis Gaspard Hari se mit à raconter sa vie de l'autre hiver. Il était demeuré avec Michel Canol, trop âgé maintenant pour recommencer ; car un accident peut arriver pendant cette longue solitude. Ils ne s'étaient pas ennuyés, d'ailleurs ; le tout était d'en prendre son parti dès le premier jour ; et on finissait par se créer des distractions, des jeux, beaucoup de passe-temps.

Ulrich Kunsi l'écoutait, les yeux baissés, suivant en pensée ceux qui descendaient vers le village par tous les festons de la Gemmi.

Bientôt ils aperçurent l'auberge, à peine visible, si petite, un point noir au pied de la monstrueuse vague de neige.

Quand ils ouvrirent, Sam le gros chien frisé, se mit à gambader autour d'eux.

« Allons, fils, dit le vieux Gaspard, nous n'avons plus de femme maintenant, il faut préparer le dîner, tu vas éplucher les pommes de terre. »

Et tous deux, s'asseyant sur des escabeaux de bois, commencèrent à tremper la soupe.

La matinée du lendemain sembla longue à Ulrich Kunsi. Le vieux Hari fumait et crachait dans l'âtre, tandis que le jeune homme regardait par la fenêtre l'éclatante montagne en face de la maison.

Il sortit dans l'après-midi, et refaisant le trajet de la veille, il cherchait sur le sol les traces des sabots du mulet qui avait porté les deux femmes. Puis quand il fut au col de la Gemmi, il se coucha sur le ventre au bord de l'abîme, et regarda Loëche.

Le village dans son puits de rocher n'était pas encore noyé sous la neige, bien qu'elle vînt tout près de lui, arrêtée net par les forêts de sapins qui protégeaient ses environs. Ses maisons basses ressemblaient, de là-haut, à des pavés, dans une prairie.

La petite Hauser était là, maintenant, dans une de ces demeures grises. Dans laquelle ? Ulrich Kunsi se trouvait trop loin pour les distinguer séparément. Comme il aurait voulu descendre, pendant qu'il le pouvait encore !

Mais le soleil avait disparu derrière la grande cime du Wildstrubel ; et le jeune homme rentra. Le père Hari fumait. En voyant revenir son compagnon, il lui proposa une partie de cartes ; et ils s'assirent en face l'un de l'autre des deux côtés de la table.

Ils jouèrent longtemps, un jeu simple qu'on nomme la brisque[1], puis, ayant soupé, ils se couchèrent.

Les jours qui suivirent furent pareils au premier, clairs et froids, sans neige nouvelle. Le vieux Gaspard passait ses après-midi à guetter les aigles et les rares oiseaux qui s'aventurent sur ces sommets glacés, tandis que Ulrich retournait régulièrement au col de la Gemmi pour contempler le village. Puis ils jouaient aux cartes, aux dés, aux dominos, gagnaient et perdaient de petits objets pour intéresser leur partie.

Un matin, Hari, levé le premier, appela son compagnon. Un nuage mouvant, profond et

---

1. Une variante du piquet.

léger, d'écume blanche s'abattait sur eux, autour d'eux, sans bruit, les ensevelissait peu à peu sous un épais et sourd matelas de mousse. Cela dura quatre jours et quatre nuits. Il fallut dégager la porte et les fenêtres, creuser un couloir et tailler des marches pour s'élever sur cette poudre de glace que douze heures de gelée avait rendue plus dure que le granit des moraines.

Alors, ils vécurent comme des prisonniers, ne s'aventurant plus guère en dehors de leur demeure. Ils s'étaient partagé les besognes qu'ils accomplissaient régulièrement. Ulrich Kunsi se chargeait des nettoyages, des lavages, de tous les soins et de tous les travaux de propreté. C'était lui aussi qui cassait le bois, tandis que Gaspard Hari faisait la cuisine et entretenait le feu. Leurs ouvrages, réguliers et monotones, étaient interrompus par de longues parties de cartes ou de dés. Jamais ils ne se querellaient, étant tous deux calmes et placides. Jamais même ils n'avaient d'impatiences, de mauvaise humeur, ni de paroles aigres, car ils avaient fait provision de résignation pour cet hivernage sur les sommets.

Quelquefois, le vieux Gaspard prenait son fusil et s'en allait à la recherche des chamois ; il en tuait de temps en temps. C'était alors fête dans l'auberge de Schwarenbach et grand festin de chair fraîche.

Un matin, il partit ainsi. Le thermomètre du dehors marquait dix-huit au-dessous de glace. Le soleil n'étant pas encore levé, le chasseur espérait surprendre les bêtes aux abords du Wildstrubel.

Ulrich, demeuré seul, resta couché jusqu'à dix heures. Il était d'un naturel dormeur ; mais il n'eût point osé s'abandonner ainsi à son penchant en présence du vieux guide toujours ardent et matinal.

Il déjeuna lentement avec Sam, qui passait aussi ses jours et ses nuits à dormir devant le feu ; puis il se sentit triste, effrayé même de la solitude, et saisi par le besoin de la partie de cartes quotidienne, comme on l'est par le désir d'une habitude invincible.

Alors il sortit pour aller au-devant de son compagnon qui devait rentrer à quatre heures.

La neige avait nivelé toute la profonde vallée, comblant les crevasses, effaçant les deux lacs, capitonnant les rochers ; ne faisant plus, entre les sommets immenses, qu'une immense cuve blanche régulière, aveuglante et glacée.

Depuis trois semaines, Ulrich n'était plus revenu au bord de l'abîme d'où il regardait le village. Il y voulut retourner avant de gravir les pentes qui conduisaient à Wildstrubel. Loëche maintenant était aussi sous la neige, et les demeures ne se reconnaissaient plus guère, ensevelies sous ce manteau pâle.

Puis, tournant à droite, il gagna le glacier de Lœmmern. Il allait de son pas allongé de montagnard, en frappant de son bâton ferré la neige aussi dure que la pierre. Et il cherchait avec son œil perçant le petit point noir et mouvant, au loin, sur cette nappe démesurée.

Quand il fut au bord du glacier, il s'arrêta, se demandant si le vieux avait bien pris ce chemin ; puis il se mit à longer les moraines d'un pas plus rapide et plus inquiet.

Le jour baissait ; les neiges devenaient roses ; un vent sec et gelé courait par souffles brusques sur leur surface de cristal. Ulrich poussa un cri d'appel aigu, vibrant, prolongé. La voix s'envola dans le silence de mort où dormaient les montagnes ; elle courut au loin, sur les vagues immobiles et profondes d'écume glaciale, comme un cri d'oiseau sur les vagues de la mer ; puis elle s'éteignit et rien ne lui répondit.

Il se remit à marcher. Le soleil s'était enfoncé, là-bas, derrière les cimes que les reflets du ciel empourpraient encore ; mais les profondeurs de la vallée devenaient grises. Et le jeune homme eut peur tout à coup. Il lui sembla que le silence, le froid, la solitude, la mort hivernale de ces monts entraient en lui, allaient arrêter et geler son sang, raidir ses membres, faire de lui un être immobile et glacé. Et il se mit à courir, s'enfuyant vers sa demeure. Le vieux, pensait-il, était rentré pendant son absence. Il avait pris un autre chemin ; il serait assis devant le feu, avec un chamois mort à ses pieds.

Bientôt il aperçut l'auberge. Aucune fumée n'en sortait. Ulrich courut plus vite, ouvrit la porte. Sam s'élança pour le fêter, mais Gaspard Hari n'était point revenu.

Effaré, Kunsi tournait sur lui-même, comme s'il se fût attendu à découvrir son compagnon caché dans un coin. Puis il ralluma le feu et fit la soupe, espérant toujours voir revenir le vieillard.

De temps en temps, il sortait pour regarder s'il n'apparaissait pas. La nuit était tombée, la nuit blafarde des montagnes, la nuit pâle, la nuit livide qu'éclairait, au bord de l'horizon, un croissant jaune et fin prêt à tomber derrière les sommets.

Puis le jeune homme rentrait, s'asseyait, se chauffait les pieds et les mains en rêvant aux accidents possibles.

Gaspard avait pu se casser une jambe, tomber dans un trou, faire un faux pas qui lui avait tordu la cheville. Et il restait étendu dans la neige, saisi, raidi par le froid, l'âme en détresse, perdu, criant peut-être au secours, appelant de toute la force de sa gorge dans le silence de la nuit.

Mais où ? La montagne était si vaste, si

rude, si périlleuse aux environs, surtout en
cette saison, qu'il aurait fallu être dix ou vingt
guides et marcher pendant huit jours dans tous
les sens pour trouver un homme en cette
immensité.

Ulrich Kunsi, cependant, se résolut à partir
avec Sam si Gaspard Hari n'était point revenu
entre minuit et une heure du matin.

Et il fit ses préparatifs.

Il mit deux jours de vivres dans un sac, prit
ses crampons d'acier, roula autour de sa taille
une corde longue, mince et forte, vérifia l'état
de son bâton ferré et de la hachette qui sert à
tailler des degrés dans la glace. Puis il attendit.
Le feu brûlait dans la cheminée ; le gros chien
ronflait sous la clarté de la flamme ; l'horloge
battait comme un cœur ses coups réguliers
dans sa gaine de bois sonore.

Il attendait, l'oreille éveillée aux bruits lointains, frissonnant quand le vent léger frôlait le
toit et les murs.

Minuit sonna ; il tressaillit. Puis, comme il
se sentait frémissant et apeuré, il posa de l'eau
sur le feu, afin de boire du café bien chaud
avant de se mettre en route.

Quand l'horloge fit tinter une heure, il se
dressa, réveilla Sam, ouvrit la porte et s'en alla
dans la direction du Wildstrubel. Pendant cinq
heures, il monta, escaladant des rochers au
moyen de ses crampons, taillant la glace, avan-

çant toujours et parfois halant, au bout de sa
corde, le chien resté au bas d'un escarpement
trop rapide. Il était six heures environ, quand il
atteignit un des sommets où le vieux Gaspard
venait souvent à la recherche des chamois.

Et il attendit que le jour se levât.

Le ciel pâlissait sur sa tête ; et soudain une
lueur bizarre, née on ne sait d'où, éclaira brusquement l'immense océan des cimes pâles qui
s'étendaient à cent lieues autour de lui. On eût
dit que cette clarté vague sortait de la neige
elle-même pour se répandre dans l'espace. Peu
à peu les sommets lointains les plus hauts
devinrent tous d'un rose tendre comme de la
chair, et le soleil rouge apparut derrière les
lourds géants des Alpes bernoises.

Ulrich Kunzi se remit en route. Il allait
comme un chasseur, courbé, épiant des traces,
disant au chien : « Cherche, mon gros, cherche. »

Il redescendait la montagne à présent, fouil-
lant de l'œil les gouffres, et parfois appelant,
jetant un cri prolongé, mort bien vite dans l'immensité muette. Alors, il collait à terre
l'oreille, pour écouter ; il croyait distinguer une
voix, se mettait à courir, appelait de nouveau,
n'entendait plus rien et s'asseyait, épuisé,
désespéré. Vers midi, il déjeuna et fit manger
Sam, aussi las que lui-même. Puis il recommença ses recherches.

Quand le soir vint, il marchait encore, ayant parcouru cinquante kilomètres de montagne. Comme il se trouvait trop loin de sa maison pour y rentrer, et trop fatigué pour se traîner plus longtemps, il creusa un trou dans la neige et s'y blottit avec son chien, sous une couverture qu'il avait apportée. Et ils se couchèrent l'un contre l'autre, l'homme et la bête, chauffant leurs corps l'un à l'autre et gelés jusqu'aux moelles cependant.

Ulrich ne dormit guère, l'esprit hanté de visions, les membres secoués de frissons.

Le jour allait paraître quand il se releva. Ses jambes étaient raides comme des barres de fer, son âme faible à le faire crier d'angoisse, son cœur palpitant à le laisser choir d'émotion dès qu'il croyait entendre un bruit quelconque.

Il pensa soudain qu'il allait aussi mourir de froid dans cette solitude, et l'épouvante de cette mort, fouettant son énergie, réveilla sa vigueur.

Il descendait maintenant vers l'auberge, tombant, se relevant, suivi de loin par Sam, qui boitait sur trois pattes.

Ils atteignirent Schwarenbach seulement vers quatre heures de l'après-midi. La maison était vide. Le jeune homme fit du feu, mangea et s'endormit, tellement abruti qu'il ne pensait plus à rien.

Il dormit longtemps, très longtemps, d'un

sommeil invincible. Mais soudain, une voix, un cri, un nom : « Ulrich », secoua son engourdissement profond et le fit se dresser. Avait-il rêvé ? Était-ce un de ces appels bizarres qui traversent les rêves des âmes inquiètes ? Non, il l'entendait encore, ce cri vibrant, entré dans son oreille et resté dans sa chair jusqu'au bout de ses doigts nerveux. Certes, on avait crié ; on avait appelé : « Ulrich ! » Quelqu'un était là, près de la maison. Il n'en pouvait douter. Il ouvrit donc la porte et hurla : « C'est toi, Gaspard ! » de toute la puissance de sa gorge.

Rien ne répondit ; aucun son, aucun murmure, aucun gémissement, rien. Il faisait nuit. La neige était blême.

Le vent s'était levé, le vent glacé qui brise les pierres et ne laisse rien de vivant sur ces hauteurs abandonnées. Il passait par souffles brusques plus desséchants et plus mortels que le vent de feu du désert. Ulrich, de nouveau, cria : « Gaspard ! — Gaspard ! — Gaspard ! »

Puis il attendit. Tout demeura muet sur la montagne ! Alors, une épouvante le secoua jusqu'aux os. D'un bond il rentra dans l'auberge, ferma la porte et poussa les verrous ; puis il tomba grelottant sur une chaise, certain qu'il venait d'être appelé par son camarade au moment où il rendait l'esprit.

De cela il était sûr, comme on est sûr de vivre ou de manger du pain. Le vieux Gaspard

Hari avait agonisé pendant deux jours et trois nuits quelque part, dans un trou, dans un de ces profonds ravins immaculés dont la blancheur est plus sinistre que les ténèbres des souterrains. Il avait agonisé pendant deux jours et trois nuits, et il venait de mourir tout à l'heure en pensant à son compagnon. Et son âme, à peine libre, s'était envolée vers l'auberge où dormait Ulrich, et elle l'avait appelé de par la vertu mystérieuse et terrible qu'ont les âmes des morts de hanter les vivants. Elle avait crié, cette âme sans voix, dans l'âme accablée du dormeur ; elle avait crié son adieu dernier, ou son reproche, ou sa malédiction sur l'homme qui n'avait point assez cherché.

Et Ulrich la sentait là, tout près, derrière le mur, derrière la porte qu'il venait de refermer. Elle rôdait, comme un oiseau de nuit qui frôle de ses plumes une fenêtre éclairée ; et le jeune homme éperdu était prêt à hurler d'horreur. Il voulait s'enfuir et n'osait point sortir ; il n'osait point et n'oserait plus désormais, car le fantôme resterait là, jour et nuit, autour de l'auberge, tant que le corps du vieux guide n'aurait pas été retrouvé et déposé dans la terre bénite d'un cimetière.

Le jour vint et Kunsi reprit un peu d'assurance au retour brillant du soleil. Il prépara son repas, fit la soupe de son chien, puis il demeura sur une chaise, immobile, le cœur torturé, pensant au vieux couché sur la neige.

Puis, dès que la nuit recouvrit la montagne, des terreurs nouvelles l'assaillirent. Il marchait maintenant dans la cuisine noire, éclairée à peine par la flamme d'une chandelle, il marchait d'un bout à l'autre de la pièce, à grands pas, écoutant, écoutant si le cri effrayant de l'autre nuit n'allait pas encore traverser le silence morne du dehors. Et il se sentait seul, le misérable, comme aucun homme n'avait jamais été seul ! Il était seul dans cet immense désert de neige, seul à deux mille mètres au-dessus de la terre habitée, au-dessus des maisons humaines, au-dessus de la vie qui s'agite, bruit et palpite, seul dans le ciel glacé ! Une envie folle le tenaillait de se sauver n'importe où, n'importe comment, de descendre à Loëche en se jetant dans l'abîme ; mais il n'osait seulement pas ouvrir la porte, sûr que l'autre, le mort, lui barrerait la route, pour ne pas rester seul non plus là-haut.

Vers minuit, las de marcher, accablé d'angoisse et de peur, il s'assoupit enfin sur une chaise, car il redoutait son lit comme on redoute un lieu hanté.

Et soudain le cri strident de l'autre soir lui déchira les oreilles, si suraigu qu'Ulrich étendit les bras pour repousser le revenant, et il tomba sur le dos avec son siège.

Sam, réveillé par le bruit, se mit à hurler comme hurlent les chiens effrayés, et il tournait autour du logis cherchant d'où venait le danger. Parvenu près de la porte, il flaira dessous, soufflant et reniflant avec force, le poil hérissé, la queue droite et grognant.

Kunsi, éperdu, s'était levé et, tenant par un pied sa chaise, il cria : « N'entre pas, n'entre pas, n'entre pas ou je te tue. » Et le chien, excité par cette menace, aboyait avec fureur contre l'invisible ennemi que défiait la voix de son maître.

Sam, peu à peu, se calma et revint s'étendre auprès du foyer, mais il demeurait inquiet, la tête levée, les yeux brillants et grondant entre ses crocs.

Ulrich, à son tour, reprit ses sens, mais comme il se sentait défaillir de terreur, il alla chercher une bouteille d'eau-de-vie dans le buffet, et il en but, coup sur coup, plusieurs verres. Ses idées devenaient vagues ; son courage s'affermissait ; une fièvre de feu glissait dans ses veines.

Il ne mangea guère le lendemain, se bornant à boire de l'alcool. Et pendant plusieurs jours de suite il vécut, soûl comme une brute. Dès que la pensée de Gaspard Hari lui revenait, il recommençait à boire jusqu'à l'instant où il tombait sur le sol, abattu par l'ivresse. Et il restait là, sur la face, ivre mort, les membres rompus, ronflant, le front par terre. Mais à peine avait-il digéré le liquide affolant et brûlant, que le cri toujours le même « Ulrich ! » le réveillait comme une balle qui lui aurait percé le crâne ; et il se dressait chancelant encore, étendant les mains pour ne point tomber, appelant Sam à son secours. Et le chien, qui semblait devenir fou comme son maître, se précipitait sur la porte, la grattait de ses griffes, la rongeait de ses longues dents blanches, tandis que le jeune homme, le col renversé, la tête en l'air, avalait à pleines gorgées, comme de l'eau fraîche après une course, l'eau-de-vie qui tout à l'heure endormirait de nouveau sa pensée, et son souvenir, et sa terreur éperdue.

En trois semaines, il absorba toute sa provision d'alcool. Mais cette soûlerie continue ne faisait qu'assoupir son épouvante qui se réveilla plus furieuse dès qu'il lui fut impossible de la calmer. L'idée fixe alors, exaspérée par un mois d'ivresse, et grandissant sans cesse dans l'absolue solitude, s'enfonçait en lui à la façon d'une vrille. Il marchait maintenant dans sa demeure ainsi qu'une bête en cage, collant son oreille à la porte pour écouter si l'autre était là, et le défiant, à travers le mur.

Puis, dès qu'il sommeillait, vaincu par la fatigue, il entendait la voix qui le faisait bondir sur ses pieds.

Une nuit enfin, pareil aux lâches poussés à

bout, il se précipita sur la porte et l'ouvrit pour voir celui qui l'appelait et pour le forcer à se taire.

Il reçut en plein visage un souffle d'air froid qui le glaça jusqu'aux os et il referma le battant et poussa les verrous, sans remarquer que Sam s'était élancé dehors. Puis, frémissant, il jeta du bois au feu, et s'assit devant pour se chauffer ; mais soudain il tressaillit, quelqu'un grattait le mur en pleurant.

Il cria éperdu : « Va-t'en. » Une plainte[1] lui répondit, longue et douloureuse.

Alors tout ce qui lui restait de raison fut emporté par la terreur. Il répétait « Va-t'en » en tournant sur lui-même pour trouver un coin où se cacher. L'autre, pleurant toujours, passait le long de la maison en se frottant contre le mur. Ulrich s'élança vers le buffet de chêne plein de vaisselle et de provisions, et, le soulevant avec une force surhumaine, il le traîna jusqu'à la porte, pour s'appuyer d'une barricade. Puis, entassant les uns sur les autres tout ce qui restait de meubles, les matelas, les paillasses, les chaises, il boucha la fenêtre comme on fait lorsqu'un ennemi vous assiège.

---

1. Cette plainte est évidemment celle du chien, qui veut rentrer dans la maison. Maupassant a mêlé ce qui est naturel et explicable (la plainte du chien) avec ce qui relève du surnaturel ou de l'hallucination auditive (« Ulrich ! »). Le fantastique naît de cette ambiguïté.

Mais celui du dehors poussait maintenant de grands gémissements lugubres auxquels le jeune homme se mit à répondre par des gémissements pareils.

Et des jours et des nuits se passèrent sans qu'ils cessassent de hurler l'un et l'autre. L'un tournait sans cesse autour de la maison et fouillait la muraille de ses ongles avec tant de force qu'il semblait vouloir la démolir ; l'autre, au-dedans, suivait tous ses mouvements, courbé, l'oreille collée contre la pierre, et il répondait à tous ses appels par d'épouvantables cris.

Un soir, Ulrich n'entendit plus rien ; et il s'assit tellement brisé de fatigue qu'il s'endormit aussitôt.

Il se réveilla sans un souvenir, sans une pensée, comme si toute sa tête se fût vidée pendant ce sommeil accablé. Il avait faim, il mangea.

. . . .

L'hiver était fini. Le passage de la Gemmi redevenait praticable ; et la famille Hauser se mit en route pour rentrer dans son auberge.

Dès qu'elles eurent atteint le haut de la montée les femmes grimpèrent sur leur mulet, et elles parlèrent des deux hommes qu'elles allaient retrouver tout à l'heure.

Elles s'étonnaient que l'un d'eux ne fût pas descendu quelques jours plus tôt, dès que la route était devenue possible, pour donner des nouvelles de leur long hivernage.

On aperçut enfin l'auberge encore couverte et capitonnée de neige. La porte et la fenêtre étaient closes ; un peu de fumée sortait du toit, ce qui rassura le père Hauser. Mais en approchant, il aperçut, sur le seuil, un squelette d'animal dépecé par les aigles, un grand squelette couché sur le flanc.

Tous l'examinèrent. « Ça doit être Sam », dit la mère. Et elle appela : « Hé, Gaspard. » Un cri répondit à l'intérieur, un cri aigu, qu'on eût dit poussé par une bête. Le père Hauser répéta : « Hé, Gaspard. » Un autre cri pareil au premier se fit entendre.

Alors, les trois hommes, le père et les deux fils, essayèrent d'ouvrir la porte. Elle résista. Ils prirent dans l'étable vide une longue poutre comme bélier, et la lancèrent à toute volée. Le bois cria, céda, les planches volèrent en morceaux ; puis un grand bruit ébranla la maison et ils aperçurent, dedans, derrière le buffet écroulé, un homme debout, avec des cheveux qui lui tombaient aux épaules, une barbe qui lui tombait sur la poitrine, des yeux brillants et des lambeaux d'étoffe sur le corps.

Ils ne le reconnaissaient point, mais Louise Hauser s'écria : « C'est Ulrich, maman. » Et la mère constata que c'était Ulrich, bien que ses cheveux fussent blancs.

Il les laissa venir ; il se laissa toucher ; mais il ne répondit point aux questions qu'on lui posa ; et il fallut le conduire à Loëche où les médecins constatèrent qu'il était fou.

Et personne ne sut jamais ce qu'était devenu son compagnon.

La petite Hauser faillit mourir, cet été-là, d'une maladie de langueur qu'on attribua au froid de la montagne.

LE VAGABOND

Depuis quarante jours, il marchait, cherchant partout du travail. Il avait quitté son pays, Ville-Avaray[1], dans la Manche, parce que l'ouvrage manquait. Compagnon charpentier, âgé de vingt-sept ans, bon sujet, vaillant, il était resté pendant deux mois à la charge de sa famille, lui, fils aîné, n'ayant plus qu'à croiser ses bras vigoureux, dans le chômage général. Le pain devint rare dans la maison ; les deux sœurs allaient en journée, mais gagnaient peu ; et lui, Jacques Randel, le plus fort, ne faisait rien parce qu'il n'avait rien à faire, et mangeait la soupe des autres.

Alors, il s'était informé à la mairie ; et le secrétaire avait répondu qu'on trouvait à s'occuper dans le Centre.

Il était donc parti, muni de papiers et de certificats, avec sept francs dans sa poche et portant sur l'épaule, dans un mouchoir bleu atta-

1. Nom imaginaire.

ché au bout de son bâton, une paire de souliers de rechange, une culotte et une chemise.

Et il avait marché sans repos, pendant les jours et les nuits, par les interminables routes, sous le soleil et sous les pluies, sans arriver jamais à ce pays mystérieux où les ouvriers trouvent de l'ouvrage.

Il s'entêta d'abord à cette idée qu'il ne devait travailler qu'à la charpente, puisqu'il était charpentier. Mais, dans tous les chantiers où il se présenta, on répondit qu'on venait de congédier des hommes, faute de commandes, et il se résolut, se trouvant à bout de ressources, à accomplir toutes les besognes qu'il rencontrerait sur son chemin.

Donc, il fut tour à tour terrassier, valet d'écurie, scieur de pierres [1] ; il cassa du bois, ébrancha des arbres, creusa un puits, mêla du mortier, lia des fagots, garda des chèvres sur une montagne, tout cela moyennant quelques sous, car il n'obtenait, de temps en temps, deux ou trois jours de travail qu'en se proposant à vil prix, pour tenter l'avarice des patrons et des paysans.

Et maintenant, depuis une semaine, il ne trouvait plus rien, il n'avait plus rien et il man-

---

1. On peut penser, là encore, aux fameux *Casseurs de pierre* de Courbet (tableau détruit lors des bombardements de Dresde en 1945).

geait un peu de pain, grâce à la charité des femmes qu'il implorait sur le seuil des portes, en passant le long des routes.

Le soir tombait, Jacques Randel harassé, les jambes brisées, le ventre vide, l'âme en détresse, marchait nu-pieds sur l'herbe au bord du chemin, car il ménageait sa dernière paire de souliers, l'autre n'existant plus depuis longtemps déjà. C'était un samedi, vers la fin de l'automne. Les nuages gris roulaient dans le ciel, lourds et rapides, sous les poussées du vent qui sifflait dans les arbres. On sentait qu'il pleuvrait bientôt. La campagne était déserte, à cette tombée de jour, la veille d'un dimanche. De place en place, dans les champs, s'élevaient pareilles à des champignons jaunes, monstrueux, des meules de paille égrenées ; et les terres semblaient nues, étant ensemencées déjà pour l'autre année.

Randel avait faim, une faim de bête, une de ces faims qui jettent les loups sur les hommes. Exténué, il allongeait les jambes pour faire moins de pas, et, la tête pesante, le sang bourdonnant aux tempes, les yeux rouges, la bouche sèche, il serrait son bâton dans sa main avec l'envie vague de frapper à tour de bras sur le premier passant qu'il rencontrerait rentrant chez lui manger la soupe.

Il regardait les bords de la route avec l'image, dans les yeux, de pommes de terre défouies, restées sur le sol retourné. S'il en avait trouvé quelques-unes, il eût ramassé du bois mort, fait un petit feu dans le fossé, et bien soupé, ma foi, avec le légume chaud et rond, qu'il eût tenu d'abord, brûlant, dans ses mains froides.

Mais la saison était passée, et il devrait, comme la veille, ronger une betterave crue, arrachée dans un sillon.

Depuis deux jours, il parlait haut en allongeant le pas sous l'obsession de ses idées. Il n'avait guère pensé, jusque-là, appliquant tout son esprit, toutes ses simples facultés, à sa besogne professionnelle. Mais voilà que la fatigue, cette poursuite acharnée d'un travail introuvable, les refus, les rebuffades, les nuits passées sur l'herbe, le jeûne, le mépris qu'il sentait chez les sédentaires pour le vagabond, cette question posée chaque jour : « Pourquoi ne restez-vous pas chez vous ? », le chagrin de ne pouvoir occuper ses bras vaillants qu'il sentait pleins de force, le souvenir des parents demeurés à la maison et qui n'avaient guère de sous, non plus, l'emplissaient peu à peu d'une colère lente, amassée chaque jour, chaque heure, chaque minute, et qui s'échappait de sa bouche, malgré lui, en phrases courtes et grondantes.

Tout en trébuchant sur les pierres qui roulaient sous ses pieds nus, il grognait : « Misère... misère... tas de cochons... laisser crever de faim un homme... un charpentier... tas de cochons... pas quatre sous... pas quatre sous... v'là qu'il pleut... tas de cochons !... »

Il s'indignait de l'injustice du sort et s'en prenait aux hommes, à tous les hommes, de ce que la nature, la grande mère aveugle, est iné- quitable, féroce et perfide.

Il répétait, les dents serrées : « Tas de cochons » en regardant la mince fumée grise qui sortait des toits, à cette heure du dîner. Et, sans réfléchir à cette autre injustice, humaine celle-là, qui se nomme violence et vol, il avait envie d'entrer dans une de ces demeures, d'as- sommer les habitants et de se mettre à table, à leur place.

Il disait : « J'ai pas le droit de vivre, mainte- nant... puisqu'on me laisse crever de faim... je ne demande qu'à travailler, pourtant... tas de cochons ! » Et la souffrance de ses membres, la souffrance de son ventre, la souffrance de son cœur lui montaient à la tête comme une ivresse redoutable, et faisaient naître, en son cerveau, cette idée simple : « J'ai le droit de vivre, puisque je respire, puisque l'air est à tout le monde. Alors, donc, on n'a pas le droit de me laisser sans pain ! »

La pluie tombait, fine, serrée, glacée. Il s'ar- rêta et murmura : « Misère... encore un mois de route avant de rentrer à la maison... » Il revenait en effet chez lui maintenant, comprenant qu'il trouverait plutôt à s'occuper dans sa ville natale, où il était connu, en faisant n'importe quoi, que sur les grands chemins où tout le monde le suspectait.

Puisque la charpente n'allait pas, il deviendrait manœuvre, gâcheur de plâtre, terrassier, casseur de cailloux. Quand il ne gagnerait que vingt sous par jour, ce serait toujours de quoi manger.

Il noua autour de son cou ce qui restait de son dernier mouchoir, afin d'empêcher l'eau froide de lui couler dans le dos et sur la poitrine. Mais il sentit bientôt qu'elle traversait déjà la mince toile de ses vêtements et il jeta autour de lui un regard d'angoisse, d'être perdu qui ne sait plus où cacher son corps, où reposer sa tête, qui n'a pas un abri par le monde.

La nuit venait, couvrant d'ombre les champs. Il aperçut, au loin, dans un pré, une tache sombre sur l'herbe, une vache. Il enjamba le fossé de la route et alla vers elle, sans trop savoir ce qu'il faisait.

Quand il fut auprès, elle leva vers lui sa grosse tête, et il pensa : « Si seulement j'avais un pot, je pourrais boire un peu de lait. »

Il regardait la vache ; et la vache le regardait ; puis, soudain, lui lançant dans le flanc un grand coup de pied : « Debout ! » dit-il.

La bête se dressa lentement, laissant pendre

sous elle sa lourde mamelle ; alors l'homme se coucha sur le dos, entre les pattes de l'animal, et il but, longtemps, longtemps, pressant de ses deux mains le pis gonflé, chaud, et qui sentait l'étable. Il but tant qu'il resta du lait dans cette source vivante [1].

Mais la pluie glacée tombait plus serrée, et toute la plaine était nue sans lui montrer un refuge. Il avait froid ; et il regardait une lumière qui brillait entre les arbres, à la fenêtre d'une maison.

La vache s'était recouchée, lourdement. Il s'assit à côté d'elle, en lui flattant la tête, reconnaissant d'avoir été nourri. Le souffle épais et fort de la bête, sortant de ses naseaux comme deux jets de vapeur dans l'air du soir, passait sur la face de l'ouvrier qui se mit à dire : « Tu n'as pas froid là-dedans, toi. »

Maintenant, il promenait ses mains sur le poitrail, sous les pattes, pour y trouver de la chaleur. Alors une idée lui vint, celle de se coucher et de passer la nuit contre ce gros ventre tiède. Il chercha donc une place, pour être bien, et posa juste son front contre la mamelle

1. À un niveau de l'instinct encore plus élémentaire, cette scène rappelle une nouvelle de 1884, *Idylle*, reprise en recueil dans *Miss Harriet*, où l'on voit, dans un train qui arrive d'Italie, un jeune paysan boire au sein d'une nourrice que son lait étouffe. Et comme la nourrice le remercie : « C'est moi qui vous remercie, madame, voilà deux jours que je n'avais rien mangé ! »

puissante qui l'avait abreuvé tout à l'heure.
Puis, comme il était brisé de fatigue, il s'endormit tout à coup.

Mais, plusieurs fois, il se réveilla, le dos ou
le ventre glacé, selon qu'il appliquait l'un ou
l'autre sur le flanc de l'animal ; alors il se
retournait pour réchauffer et sécher la partie de
son corps qui était restée à l'air de la nuit ; et il
se rendormait bientôt de son sommeil accablé.

Un coq chantant le mit debout. L'aube allait
paraître ; il ne pleuvait plus ; le ciel était pur.

La vache se reposait, le mufle sur le sol ; il
se baissa en s'appuyant sur ses mains, pour
baiser cette large narine de chair humide, et il
dit : « Adieu, ma belle... à une autre fois... t'es
une bonne bête... Adieu... »

Puis il mit ses souliers, et s'en alla.

Pendant deux heures, il marcha devant lui
suivant toujours la même route ; puis une lassi-
tude l'envahit si grande, qu'il s'assit dans
l'herbe.

Le jour était venu ; les cloches des églises
sonnaient, des hommes en blouse bleue, des
femmes en bonnet blanc, soit à pied, soit mon-
tés en des charrettes, commençaient à passer
sur les chemins, allant aux villages voisins
fêter le dimanche chez des amis, chez des
parents.

Un gros paysan parut, poussant devant lui

une vingtaine de moutons inquiets et bêlants qu'un chien rapide maintenait en troupeau.

Randel se leva, salua : « Vous n'auriez pas du travail pour un ouvrier qui meurt de faim ? » dit-il.

L'autre répondit en jetant au vagabond un regard méchant :

« Je n'ai point de travail pour les gens que je rencontre sur les routes. »

Et le charpentier retourna s'asseoir sur le fossé.

Il attendit longtemps ; regardant défiler devant lui les campagnards, et cherchant une bonne figure, un visage compatissant pour recommencer sa prière.

Il choisit une sorte de bourgeois en redingote, dont une chaîne d'or ornait le ventre.

« Je cherche du travail depuis deux mois, dit-il. Je ne trouve rien ; et je n'ai plus un sou dans ma poche. »

Le demi-monsieur répliqua : « Vous auriez dû lire l'avis affiché à l'entrée du pays. — La mendicité est interdite sur le territoire de la commune[1]. — Sachez que je suis le maire, et,

---

1. Selon une législation qui remontait à l'Empire, la mendicité n'était interdite que dans les villes où se trouvait un dépôt de mendicité, dans lequel les « vagabonds » devaient se rendre, sous peine d'emprisonnement. Mais dans les agglomérations qui ne comportaient pas ces dépôts, le maire pouvait, par arrêté municipal, « interdire la mendicité sur le territoire de la commune ». L'interdiction était signifiée à l'entrée du pays, comme on pouvait le voir encore il n'y a pas si longtemps.

si vous ne filez pas bien vite, je vais vous faire ramasser. »

Randel, que la colère gagnait, murmura : « Faites-moi ramasser si vous voulez, j'aime mieux cela, je ne mourrai pas de faim, au moins. »

Et il retourna s'asseoir sur son fossé.

Au bout d'un quart d'heure, en effet, deux gendarmes apparurent sur la route. Ils marchaient lentement, côte à côte, bien en vue, brillants au soleil avec leurs chapeaux cirés, leurs buffleteries jaunes et leurs boutons de métal, comme pour effrayer les malfaiteurs et les mettre en fuite de loin, de très loin.

Le charpentier comprit bien qu'ils venaient pour lui ; mais il ne remua pas, saisi soudain d'une envie sourde de les braver, d'être pris par eux, et de se venger, plus tard.

Ils approchaient sans paraître l'avoir vu, allant de leur pas militaire, lourd et balancé comme la marche des oies. Puis tout à coup, en passant devant lui, ils eurent l'air de le découvrir, s'arrêtèrent et se mirent à le dévisager d'un œil menaçant et furieux.

Et le brigadier s'avança en demandant :

« Qu'est-ce que vous faites ici ? »

L'homme répliqua tranquillement :

« Je me repose.

— D'où venez-vous ?

— S'il fallait vous dire tous les pays où j'ai passé, j'en aurais pour plus d'une heure.

— Où allez-vous ?

— À Ville-Avaray.

— Où c'est-il ça ?

— Dans la Manche.

— C'est votre pays ?

— C'est mon pays.

— Pourquoi en êtes-vous parti ?

— Pour chercher du travail. »

Le brigadier se retourna vers son gendarme, et, du ton colère d'un homme que la même supercherie finit par exaspérer :

« Ils disent tous ça, ces bougres-là. Mais je la connais, moi. »

Puis il reprit :

« Vous avez des papiers ?

— Oui, j'en ai.

— Donnez-les. »

Randel prit dans sa poche ses papiers, ses certificats, de pauvres papiers usés et sales qui s'en allaient en morceaux, et les tendit au soldat.

L'autre les épelait en ânonnant, puis constatant qu'ils étaient en règle, il les rendit avec l'air mécontent d'un homme qu'un plus malin vient de jouer.

Après quelques moments de réflexion, il demanda de nouveau :

« Vous avez de l'argent sur vous ?

— Non.

— Rien ?

— Rien.

— Pas un sou seulement ?

— Pas un sou seulement.

— De quoi vivez-vous, alors ?

— De ce qu'on me donne.

— Vous mendiez, alors ? »

Randel répondit résolument :

« Oui, quand je peux. »

Mais le gendarme déclara : « Je vous prends en flagrant délit de vagabondage et de mendicité, sans ressource et sans profession, sur la route, et je vous enjoins de me suivre. »

« Ousque vous voudrez », dit-il.

Et se plaçant entre les deux militaires avant même d'en recevoir l'ordre, il ajouta :

« Allez, coffrez-moi. Ça me mettra un toit sur la tête quand il pleut. »

Et ils partirent vers le village dont on apercevait les tuiles, à travers des arbres dépouillés de feuilles, à un quart de lieue de distance.

C'était l'heure de la messe, quand ils traversèrent le pays. La place était pleine de monde, et deux haies se formèrent aussitôt pour voir passer le malfaiteur qu'une troupe d'enfants excités suivait. Paysans et paysannes le regardaient, cet homme arrêté, entre deux gendarmes, avec une haine allumée dans les yeux, et une envie de lui jeter des pierres, de lui arracher la peau avec les ongles, de l'écraser sous leurs pieds. On se demandait s'il avait volé et s'il avait tué. Le boucher, ancien spahi, affirma : « C'est un déserteur. » Le débitant de tabac crut le reconnaître pour un homme qui lui avait passé une pièce fausse de cinquante centimes, le matin même, et le quincaillier vit en lui indubitablement l'introuvable assassin de la veuve Malet, que la police cherchait depuis six mois.

Dans la salle du conseil municipal, où ses gardiens le firent entrer, Randel retrouva le maire, assis devant la table des délibérations et flanqué de l'instituteur.

« Ah ! ah ! s'écria le magistrat, vous revoilà, mon gaillard. Je vous avais bien dit que je vous ferais coffrer. Eh bien, brigadier, qu'est-ce que c'est ? »

Le brigadier répondit : « Un vagabond sans feu ni lieu, monsieur le maire, sans ressources et sans argent sur lui, à ce qu'il affirme, arrêté en état de mendicité et de vagabondage, muni de bons certificats et de papiers bien en règle.

— Montrez-moi ces papiers », dit le maire. Il les prit, les lut, les relut, les rendit, puis ordonna : « Fouillez-le. » On fouilla Randel ; on ne trouva rien.

Le maire semblait perplexe. Il demanda à l'ouvrier :

« Que faisiez-vous, ce matin, sur la route ?

— Je cherchais de l'ouvrage.

— De l'ouvrage ?... Sur la grand-route ?

— Comment voulez-vous que j'en trouve si je me cache dans les bois ? »

Ils se dévisageaient tous les deux avec une haine de bêtes appartenant à des races ennemies. Le magistrat reprit : « Je vais vous faire mettre en liberté, mais que je ne vous y reprenne pas ! »

Le charpentier répondit : « J'aime mieux que vous me gardiez. J'en ai assez de courir les chemins. »

Le maire prit un air sévère :

« Taisez-vous. »

Puis il ordonna aux gendarmes :

« Vous conduirez cet homme à deux cents mètres du village, et vous le laisserez continuer son chemin. »

L'ouvrier dit : « Faites-moi donner à manger, au moins. »

L'autre fut indigné : « Il ne manquerait plus que de vous nourrir ! Ah ! ah ! ah ! elle est forte celle-là ! »

Mais Randel reprit avec fermeté : « Si vous me laissez encore crever de faim, vous me forcerez à faire un mauvais coup. Tant pis pour vous autres, les gros. »

Le maire s'était levé, et il répéta : « Emmenez-le vite, parce que je finirais par me fâcher. »

Les deux gendarmes saisirent donc le charpentier par les bras et l'entraînèrent. Il se laissa faire, retraversa le village, se retrouva sur la route ; et les deux hommes l'ayant conduit à deux cents mètres de la borne kilométrique, le brigadier déclara :

« Voilà, filez et que je ne vous revoie point dans le pays, ou bien, vous aurez de mes nouvelles. »

Et Randel se mit en route sans rien répondre, et sans savoir où il allait. Il marcha devant lui un quart d'heure ou vingt minutes, tellement abruti qu'il ne pensait plus à rien.

Mais soudain, en passant devant une petite maison dont la fenêtre était entrouverte, une odeur de pot-au-feu lui entra dans la poitrine et l'arrêta net, devant ce logis.

Et, tout à coup, la faim, une faim féroce, dévorante, affolante, le souleva, faillit le jeter comme une brute contre les murs de cette demeure.

Il dit, tout haut, d'une voix grondante : « Nom de Dieu ! faut qu'on m'en donne, cette fois. » Et il se mit à heurter la porte à grands coups de son bâton. Personne ne répondit ; il frappa plus fort, criant : « Hé ! hé ! hé ! là-dedans, les gens ! hé ! ouvrez ! »

Rien ne remua ; alors, s'approchant de la fenêtre, il la poussa avec sa main, et l'air enfermé de la cuisine, l'air tiède plein de senteurs de bouillon chaud, de viande cuite et de choux s'échappa vers l'air froid du dehors.

D'un saut, le charpentier fut dans la pièce. Deux couverts étaient mis sur une table. Les propriétaires, partis sans doute à la messe, avaient laissé sur le feu leur dîner, le bon bouilli du dimanche, avec la soupe grasse aux légumes.

Un pain frais attendait sur la cheminée, entre deux bouteilles qui semblaient pleines.

Randel d'abord se jeta sur le pain, le cassa avec autant de violence que s'il eût étranglé un homme, puis il se mit à le manger voracement, par grandes bouchées vite avalées. Mais l'odeur de la viande, presque aussitôt, l'attira vers la cheminée, et, ayant ôté le couvercle du pot, il y plongea une fourchette et fit sortir un gros morceau de bœuf lié d'une ficelle. Puis il prit encore des choux, des carottes, des oignons, jusqu'à ce que son assiette fût pleine, et l'ayant posée sur la table, il s'assit devant, coupa le bouilli en quatre parts et dîna comme s'il eût été chez lui. Quand il eut dévoré le morceau presque entier, plus une quantité de légumes, il s'aperçut qu'il avait soif et il alla chercher une des bouteilles posées sur la cheminée.

À peine vit-il le liquide en son verre qu'il reconnut de l'eau-de-vie. Tant pis, c'était chaud, cela lui mettrait du feu dans les veines, ce serait bon, après avoir eu si froid ; et il but.

Il trouva cela bon en effet, car il en avait perdu l'habitude ; il s'en versa de nouveau un plein verre, qu'il avala en deux gorgées. Et, presque aussitôt, il se sentit gai, réjoui par l'alcool comme si un grand bonheur lui avait coulé dans le ventre.

Il continuait à manger, moins vite, en mâchant lentement et trempant son pain dans le bouillon. Toute la peau de son corps était devenue brûlante, le front surtout où le sang battait.

Mais, soudain, une cloche tinta au loin. C'était la messe qui finissait ; et un instinct plutôt qu'une peur, l'instinct de prudence qui guide et rend perspicaces tous les êtres en danger, fit se dresser le charpentier, qui mit dans une poche le reste du pain, dans l'autre la bouteille d'eau-de-vie et, à pas furtifs, gagna la fenêtre et regarda la route.

Elle était encore toute vide. Il sauta et se remit en marche ; mais, au lieu de suivre le grand chemin, il fuit à travers champs vers un bois qu'il apercevait.

Il se sentait alerte, fort, joyeux, content de ce qu'il avait fait et tellement souple qu'il sautait les clôtures des champs, à pieds joints, d'un seul bond.

Dès qu'il fut sous les arbres, il tira de nou-

veau la bouteille de sa poche, et se remit à
boire, par grandes lampées, tout en marchant.
Alors ses idées se brouillèrent, ses yeux devinrent troubles, ses jambes élastiques comme des
ressorts.

Il chantait la vieille chanson populaire.

> *Ah ! qu'il fait donc bon*
> *Qu'il fait donc bon*
> *Cueillir la fraise*[1].

Il marchait maintenant sur une mousse
épaisse, humide et fraîche, et ce tapis doux
sous les pieds lui donna des envies folles de
faire la culbute, comme un enfant.

Il prit son élan, cabriola, se releva, recommença. Et, entre chaque pirouette, il se remet-
tait à chanter :

> *Ah ! qu'il fait donc bon*
> *Qu'il fait donc bon*
> *Cueillir la fraise.*

Tout à coup, il se trouva au bord d'un chemin creux et il aperçut, dans le fond, une
grande fille, une servante qui rentrait au vil-

---

1. Ce petit couplet est un souvenir d'un opéra-comique
d'Adolphe Adam (l'auteur de *Giselle*) créé en 1853 au Théâtre
Lyrique, *Le Bijou perdu*.

lage, portant aux mains deux seaux de lait, écartés d'elle par un cercle de barrique.

Il la guettait, penché, les yeux allumés comme ceux d'un chien qui voit une caille.

Elle le découvrit, leva la tête, se mit à rire et lui cria :

« C'est-il vous qui chantiez comme ça ? »

Il ne répondit point et sauta dans le ravin, bien que le talus fût haut de six pieds au moins.

Elle dit, le voyant soudain debout devant elle « Cristi, vous m'avez fait peur ! »

Mais il ne l'entendait pas, il était ivre, il était fou, soulevé par une autre rage plus dévorante que la faim, enfiévré par l'alcool, par l'irrésistible furie d'un homme qui manque de tout, depuis deux mois, et qui est gris, et qui est jeune, ardent, brûlé par tous les appétits que la nature a semés dans la chair vigoureuse des mâles.

La fille reculait devant lui, effrayée de son visage, de ses yeux, de sa bouche entrouverte, de ses mains tendues.

Il la saisit par les épaules, et, sans dire un mot, la culbuta sur le chemin.

Elle laissa tomber ses seaux qui roulèrent à grand bruit en répandant leur lait, puis elle cria, puis, comprenant que rien ne servirait d'appeler dans ce désert, et voyant bien à présent qu'il n'en voulait pas à sa vie, elle céda, sans trop de peine, pas très fâchée, car il était fort, le gars, mais par trop brutal vraiment.

Quand elle se fut relevée, l'idée de ses seaux répandus l'emplit tout à coup de fureur, et, ôtant son sabot d'un pied, elle se jeta, à son tour, sur l'homme, pour lui casser la tête s'il ne payait pas son lait.

Mais lui, se méprenant à cette attaque violente, un peu dégrisé, éperdu, épouvanté de ce qu'il avait fait, se sauva de toute la vitesse de ses jarrets, tandis qu'elle lui jetait des pierres, dont quelques-unes l'atteignirent dans le dos.

Il courut longtemps, longtemps, puis il se sentit las comme il ne l'avait jamais été. Ses jambes devenaient molles à ne le plus porter ; toutes ses idées étaient brouillées, il perdait souvenir de tout, ne pouvait plus réfléchir à rien.

Et il s'assit au pied d'un arbre.

Au bout de cinq minutes il dormait.

Il fut réveillé par un grand choc, et, ouvrant les yeux, il aperçut deux tricornes de cuir verni penchés sur lui, et les deux gendarmes du matin qui lui tenaient et lui liaient les bras.

« Je savais bien que je te repincerais », dit le brigadier goguenard.

Randel se leva sans répondre un mot. Les hommes le secouaient, prêts à le rudoyer, s'il faisait un geste, car il était leur proie à présent, il était devenu du gibier de prison, capturé par ces chasseurs de criminels qui ne le lâcheraient plus.

« En route ! » commanda le gendarme.

Ils partirent. Le soir venait, étendant sur la terre un crépuscule d'automne, lourd et sinistre.

Au bout d'une demi-heure, ils atteignirent le village.

Toutes les portes étaient ouvertes, car on savait les événements. Paysans et paysannes soulevés de colère, comme si chacun eût été volé, comme si chacune eût été violée, voulaient voir rentrer le misérable pour lui jeter des injures.

Ce fut une huée qui commença à la première maison pour finir à la mairie, où le maire attendait aussi, vengé lui-même de ce vagabond.

Dès qu'il l'aperçut, il cria de loin :

« Ah ! mon gaillard ! nous y sommes. »

Et il se frottait les mains, content comme il l'était rarement.

Il reprit : « Je l'avais dit, je l'avais dit, rien qu'en le voyant sur la route. »

Puis, avec un redoublement de joie :

« Ah ! gredin, ah ! sale gredin, tu tiens tes vingt ans, mon gaillard ! »

DOSSIER

CHRONOLOGIE
1850-1893

1850. Guy de Maupassant naît le 5 août, soit au château de Miromesnil, près de Dieppe, soit à Fécamp. Mort de Balzac. Seconde République : l'Assemblée législative, sous la présidence du prince Louis-Napoléon Bonaparte, s'engage dans la voie d'une politique réactionnaire.

1852. Publication en français des *Récits d'un chasseur,* de Tourgueniev.

1856. Naissance du frère de Guy, Hervé. Ce qui ne sauve pas le ménage des parents — père égoïste, léger, faible, coureur, dépensier ; mère hypersensible, autoritaire, qui se pique de littérature. Séparation. Mme de Maupassant se retire aux Verguies, à Étretat, avec ses deux enfants.

1857. *Les Fleurs du Mal. Madame Bovary.* Procès intentés, pour immoralité, à Flaubert, puis à Baudelaire par le gouvernement impérial.

1862. *Pères et fils,* de Tourgueniev. Apparition du mot *nihilisme.*

1863. Fin, pour le jeune Guy, de l'enfance libre et vagabonde ; il entre au petit séminaire d'Yvetot. *Dominique*, de Fromentin. *Vie de Jésus,* d'Ernest Renan.

1868. Guy fait sa rhétorique au collège impérial de Rouen. Il a pour correspondant Louis Bouilhet, poète, ami intime de Gustave Flaubert. C'est grâce à Bouilhet que le jeune Maupassant va connaître Flaubert et que Flaubert va devenir son « père littéraire ». Alphonse Daudet publie *Le Petit Chose.*

1869.   Flaubert publie *L'Éducation sentimentale*, Daudet, *Lettres de mon moulin*, les Goncourt, *Madame Gervaisais*.

1870-1871.   Guerre franco-allemande. Maupassant appartient à la classe 70. Il est versé dans l'Intendance à Rouen. Il assiste aux horreurs de la déroute. Il n'est démobilisé qu'en novembre 1871. Fin de l'Empire. Commune de Paris. *La Bonne Chanson*, de Paul Verlaine. *De l'Intelligence*, par H. Taine. Mort de Dickens.

1871-1872.   Maupassant entre au ministère de la Marine, où il occupe une situation médiocre. Il trouve une compensation dans les exercices sportifs, en particulier dans le canotage sur le Seine. « Ma grande, ma seule, mon absorbante passion, pendant dix ans, ce fut la Seine. » Travaux littéraires sous la direction de Flaubert.

1873.   Gouvernement de Mac-Mahon, dit « d'ordre moral ». Maupassant brocarde « l'imbécillité solennelle de ce crétin ». Daudet publie *Contes du Lundi*.

1875.   Débuts littéraires. Un premier conte, *La Main d'écorché*, paraît dans *L'Almanach lorrain* de Pont-à-Mousson. Quelques pièces de vers ici et là. Relations littéraires chez Flaubert, Guy rencontre Zola, Daudet, Edmond de Goncourt, Tourgueniev ; chez Catulle Mendès, Mallarmé et Villiers de l'Isle-Adam. Il fréquente chez la princesse Mathilde. Il participe au groupe qui se forme autour de Zola et qui sera à Médan. Zola : *La Faute de l'abbé Mouret*. La troisième République s'installe : lois constitutionnelles sur les pouvoirs publics.

1876.   Premier repas Flaubert-Zola-Daudet, au Café Riche. Constitution du groupe dit « de Médan ».

1877.   Maupassant souffre de troubles de santé. Cure aux eaux de Loëche dans le Valais. Flaubert : *Trois Contes*. Goncourt : *La Fille Élisa*.

1878.   Le 18 décembre, il donne sa démission du ministère de la Marine puis, grâce à Flaubert, entre à celui de l'Instruction publique. Il déteste ce métier de gratte-papier ; il espère avec impatience le jour où il pourra « claquer la porte ».

1879. Débuts au théâtre : Maupassant fait jouer un acte *Histoire du vieux temps*. Démission de Mac-Mahon. Fin de l'Ordre moral. *Nana*, de Zola.

1880. 16 avril : *Les Soirées de Médan* ; Maupassant a donné *Boule de suif* ; admiration de Flaubert ; grand succès. 25 avril : *Des vers*, recueil poétique. 8 mai : mort de Flaubert, foudroyé par l'apoplexie ; immense chagrin de Maupassant. Juin : Maupassant, enfin « claque la porte », il quitte l'administration. Septembre : voyage en Corse. Premiers « mardis » chez Mallarmé. Dostoïevski : *Les Frères Karamazov*. Le 14 juillet devient fête nationale. Loi d'amnistie : retour des anciens communards. Décrets sur l'expulsion des jésuites.

1881. Maupassant est lancé. Il entre au *Gaulois*, au *Gil Blas*, au *Figaro*, à *L'Écho de Paris*. Intense activité journalistique qui va nourrir son œuvre. Mai : *La Maison Tellier*, recueil de contes. Voyage en Afrique du Nord (Tunisie, Algérie). Loi sur la liberté de la presse. Après de nouvelles élections législatives, ministère Gambetta. A. France : *Le Crime de Sylvestre Bonnard*. P. Verlaine : *Sagesse*. Ibsen : *Les Revenants*. Renoir achève *Le Déjeuner des canotiers*. Manet commence *Le Bar des Folies-Bergère*.

1882. Nouveau recueil de contes, *Mademoiselle Fifi*. Voyage estival en Bretagne. Loi organisant l'enseignement primaire. Mort de Gambetta. Krach de l'Union Générale. Constitution de la Triple-Alliance. Déroulède fonde la Ligue des Patriotes. Koch découvre le bacille de la tuberculose, Pasteur découvre la vaccination anticharbonneuse, Charcot commence ses cours à la Salpêtrière. Henri Becque : *Les Corbeaux*.

1883. Premier roman : *Une vie*, d'abord publié en feuilleton dans *Gil Blas*, du 27 février au 6 avril. Juin : *Contes de la Bécasse*. Maupassant a fait construire

La Guillette sur la route de Criquetot, près d'Étretat. Mort de Tourgueniev, de Manet, de Wagner. Renan : *Souvenirs d'enfance et de jeunesse.* Nietzsche : *Ainsi parlait Zarathoustra.* Villiers de l'Isle-Adam : *Contes cruels.* Ministère Jules Ferry : guerre du Tonkin.

1884.   Travail intense. En janvier : un récit de voyages, *Au soleil* ; en avril : un autre recueil de contes, *Clair de lune* ; en juillet, autre recueil, *Miss Harriet*, et encore un autre recueil, *Les Sœurs Rondoli.* En préface à la publication des lettres de Flaubert à George Sand, il écrit une étude sur Flaubert. Début des troubles nerveux (maux de tête, irritabilité, angoisses). Il assiste aux cours de Charcot à la Salpêtrière. Verlaine : *Jadis et naguère.* Daudet : *Sapho.* J.-K. Huysmans : *À Rebours.* Ibsen : *Le Canard sauvage.* Massenet : *Manon.* Loi sur les syndicats ouvriers. Premier ballon dirigeable du capitaine Renard.

1885.   Trois recueils de contes : *Yvette, Contes du jour et de la nuit, Toine.* Mai : *Bel-Ami*, publié en feuilleton dans *Gil Blas*, du 6 avril au 30 mai. Maupassant déménage de la rue Dulong à la rue de Montchanin (aujourd'hui rue Jacques-Bingen), dans le quartier de la plaine Monceau. Appartement cossu. Printemps : voyage en Italie, en Sicile. Été : cure à Châtelguyon. Zola : *Germinal.* Jules Laforgue : *Les Complaintes.* Paul Bourget : *Cruelle énigme.* Pasteur découvre le vaccin contre la rage. Aux élections d'octobre, recul des républicains mais renforcement du groupe radical avec Clemenceau. Jules Grévy est réélu président de la République. Construction du viaduc de Garabit par Eiffel. Ouverture du grenier des Goncourt. Mort de Jules Vallès et de Victor Hugo.

1886.   Toujours des contes : *Monsieur Parent, La Petite Roque.* Court séjour en Angleterre. Navigation sur le voilier *Bel-Ami.* Vie trépidante : Maupassant s'épuise. Pierre Loti : *Pêcheur d'Islande.* Rimbaud :

Illuminations. Drumont : *La France juive*. Moréas : *Manifeste symboliste*. Nietzsche : *Par delà le bien et le mal*. Eugène de Vogüé : *Le Roman russe*. Dernière exposition des impressionnistes ; Seurat présente *La Grande Jatte*. Début de l'agitation boulangiste. Grève des mineurs de Decazeville (janvier-juin).

1887. Un roman, *Mont-Oriol*, publié en feuilleton, dans *Gil Blas*, du 23 décembre 1886 au 6 février 1887. Un recueil de contes, en mai, *Le Horla* qui donne son nom à un aérostat dans lequel Maupassant fait une expédition largement commentée dans la presse. Octobre en Algérie. Zola : *La Terre*. Manifeste antinaturaliste des Cinq. Mallarmé : *Poésies*. Fondation du Théâtre libre d'Antoine. Strindberg : *Père*. Sadi Carnot président de la République après la démission de Jules Grévy bousculé par des scandales. Affaire Schnebelé : tension franco-allemande.

1888. Un roman : *Pierre et Jean*, publié en feuilleton dans *La Nouvelle Revue*, du 1er décembre 1887 au 1er janvier 1888, et précédé d'une *Étude sur le roman*. Un deuxième journal de voyage : *Sur l'eau*. Un autre recueil de contes, *Le Rosier de Madame Husson*. Voyage en Tunisie dans l'hiver 1888-1889. Les troubles s'aggravent. Van Gogh peint *Les Tournesols*. Barrès : *Sous l'œil des Barbares*. Développement du mouvement boulangiste. Avènement de Guillaume II. Fondation de l'Institut Pasteur.

1889. Contes : *La Main gauche*. Roman : *Fort comme la mort*. Agonie de son frère Hervé, victime de la folie. Croisière sur *Bel-Ami II* en Italie. Maux de tête et d'yeux insupportables. Zola : *La Bête humaine*. Barrès : *Un homme libre*. Claudel : *Tête d'Or*. Bourget : *Le Disciple*. Maeterlinck : *La Princesse Maleine*. D'Annunzio : *Le Plaisir*. Bergson : *Essai sur les données immédiates de la conscience*. Fin de l'agitation boulangiste : élections favorables aux républicains. Exposition universelle de Paris, avec la tour Eiffel.

1890. Récit de voyages : *La Vie errante*. Dernier recueil
       de contes : *L'Inutile Beauté*. Dernier roman : *Notre
       cœur*, paru en feuilleton dans la *Revue des Deux
       Mondes* de mai et de juin. Dernière pièce de théâ-
       tre : *Musotte*. Déménagement vers la rue du Bocca-
       dor dans le quartier des Champs-Élysées. Tentative
       de cure à Aix-les-Bains, Plombières, Gérardmer.
       Tentatives de repos à Cannes, à Alger. Fondation
       du Théâtre d'Art par Paul Fort. Renan : *L'Avenir de
       la science*. William James : *Principes de psycholo-
       gie*. Mort de Van Gogh.

1891. Cures à Divonne et à Champel-les-Bains. Maupas-
       sant s'acharne au travail. Il commence *L'Âme étran-
       gère*, *L'Angélus*. Zola : *L'Argent*. Gide : *Les
       Cahiers d'André Walter*. Barrès : *Le Jardin de
       Bérénice*. Troubles sociaux, fusillade de Fourmies.

1892. 1er janvier : tentative de suicide. 7 janvier : folie,
       internement dans la clinique du docteur Blanche à
       Passy. Pierre Loti : *Fantôme d'Orient*. France :
       L'Étui de nacre. Claudel : *La Jeune Fille Violaine*.

1893. Mort de Maupassant (6 juillet). Il a quarante-trois
       ans. Inhumation le 8 au cimetière Montparnasse.
       Mallarmé : *Vers et prose*.

1899. *Le Père Milon*, recueil posthume de contes non
       encore repris en volume.

1908-1910. Édition par Pol Neveux à la librairie Conard
       des *Œuvres complètes* de Maupassant.

NOTICE

Le recueil du *Horla* parut en 1887 (il est annoncé dans la *Bibliographie de la France* le 27 mai). La nouvelle elle-même avait connu une première version, qui se présente sous la forme d'un conte et fut publiée dans *Gil Blas* du 26 octobre 1886. On la trouvera ci-après, p. 265.

LE HORLA

Page 35.

Comme nous l'avons dit dans la préface, la victime du Horla est au point de départ un être parfaitement normal, solidement enraciné dans son passé, sa terre et son milieu : aucune faille, aucune tare héréditaire. D'autre part c'est un homme riche : il ne travaille pas, a de nombreux domestiques, dispose visiblement d'une belle fortune, comme le montre l'épisode parisien. La plupart des fous de Maupassant sont des bourgeois et même des grands bourgeois, ce qui montre qu'il doit peut-être moins qu'on ne l'a dit à Charcot, dont les malades sont toujours des gens de condition très modeste : blanchisseuses, magasiniers, serruriers, maçons et... un nombre considérable d'employés de chemin de fer. « Les neurasthéniques, disait Charcot, ne sont pas rares parmi les employés de chemin de fer. Notre voisine, la Compagnie des chemins de fer d'Orléans, nous fournit de nombreux clients » (J.-M. Charcot, *L'Hystérie*, textes choi-

sis et présentés par E. Trillat, Privat, 1971, p. 128). Les
« clients » de Charcot étaient aussi presque toujours des
alcooliques ou des « dégénérés », souvent victimes d'un
« shock [*sic*] nerveux », ce qui n'est pas le cas de notre
héros.

AMOUR

Page 81.

Amour a été publié dans *Gil Blas* le 7 décembre 1886. Le
sous-titre renvoie évidemment aux *Mémoires d'un chasseur*
de l'ami Tourgueniev et le conte, par sa tendresse comme
par sa robustesse terrienne, peut détendre le lecteur après les
visions terrifiantes du *Horla*.

LE TROU

Page 91.

Le Trou a été publié dans *Gil Blas* du 9 novembre 1886.
Tragi-comique, l'histoire peut être lue comme une farce
macabre ou comme un conte du deuil et de la folie. La miso-
gynie de Maupassant y apparaît de façon évidente (comme
son mépris des petites gens, des boutiquiers, de ceux que
Flaubert et Jules Renard nommaient « les cloportes ») et le
ton est assez surprenant, dans la mesure où le décor est celui
des canotiers des bords de la Seine, de la Grenouillère des
peintres impressionnistes, auquel sont en général associées
de plus aimables images (par Maupassant lui-même, ainsi
dans *Le Horla*). Quel que soit son mépris des petites gens,
Maupassant a su rendre leur non-langage, les particularités,
le rythme du parler populaire parisien avec un naturel qui
suppose un talent d'imitation et d'écoute hors du commun.
Depuis les portières de Balzac et d'Henry Monnier, on
n'avait pas fait aussi bien.

LE MARQUIS DE FUMEROL

Page 113.

Publié dans *Gil Blas* du 5 octobre 1886, *Le Marquis de Fumerol*, sous des apparences relativement anodines et rituelles (la mort de Don Juan), est une des nouvelles les plus contemporaines et agressives de Maupassant, et qui renvoie à l'un des conflits idéologiques majeurs que connut la IIIe République, bien au-delà du vote des lois de Séparation, et jusqu'au régime de Vichy (que l'Église soutint massivement). On pourrait aussi évoquer les turbulences que provoquèrent en 1884 les projets gouvernementaux relatifs à l'enseignement libre.

« Le cléricalisme, voilà l'ennemi », disait Gambetta et la république des Jules (celle de Jules Ferry en particulier) étant fondamentalement laïque, on comprend bien que les catholiques ne se soient pas résignés de bonne grâce à perdre le pouvoir exorbitant, quasi absolu, qui avait été le leur sous le Second Empire. D'où un esprit de « croisade » (le mot apparaît dans la nouvelle) qui se manifesta aussi bien par des opérations spectaculaires (« foules de Lourdes », missions, érection de croix dans les campagnes, achèvement des grandes basiliques) que par de constantes attaques contre « l'école sans Dieu » et la volonté non moins constante d'intervenir dans la vie privée des individus, surtout à l'instant suprême. Avec la complicité des familles, des domestiques, parfois des enfants, certains prêtres, tel notre abbé Poivron, s'étaient fait une spécialité de « crocheter la porte des moribonds », d'arracher *in extremis* au libre penseur confession et conversion. Parfois même de pratiquer la conversion posthume sous la forme d'un enterrement religieux célébré contre la volonté expressément formulée par le défunt et l'on se doute bien que l'on criait au triomphe lorsque la conversion, anthume ou posthume, était celle d'un personnage connu à propos duquel on pouvait proclamer, comme « le sénateur baron de Croisselles » prononçant

l'éloge funèbre du marquis, que « Dieu toujours rentre victorieux dans les âmes de race un instant égarées ».

La peur de tomber entre les mains des « voleurs d'âmes »,
des « violeurs de conscience », au moment où l'on n'a plus
la force de dire non, apparaît encore comme une véritable
hantise chez certains écrivains contemporains. Ainsi Roger
Martin du Gard : qu'on se rappelle son *Jean Barois* et la
véhémence de ses protestations contre la présence d'un pasteur à l'enterrement de Gide.

LE SIGNE

Page 127.

Publié dans *Gil Blas* du 27 avril 1886, *Le Signe* appartient
au genre leste et mondain (« la petite marquise », « la petite
baronne », etc.) qui n'est pas ce que Maupassant a fait de
mieux, mais plaisait certainement beaucoup à un certain
public. La nouvelle laisse tout de même entrevoir un thème
que Maupassant n'a pas osé aborder de front, sans doute par
crainte de choquer même les lecteurs du très peu puritain
Gil Blas : celui de la femme du monde, de la petite bourgeoise, de la femme « honnête » qui, plus ou moins nym-
phomane, plus ou moins intéressée, se laisse tenter, pour
varier le menu conjugal, par des aventures de passage avec
des inconnus. On n'est pas très loin d'Octave Mirbeau mais,
si obsédé qu'ait pu être Maupassant, il garde toujours une
certaine réserve lorsqu'il évoque les problèmes de la sexua-
lité féminine.

LE DIABLE

Page 138.

Paru dans *Le Gaulois* du 5 août 1886. Après le boudoir
des « petites marquises », la dureté, la brutalité des paysans,
leur insensibilité, leur indifférence devant la vieillesse et la
mort de leurs proches. Qui ne peut plus travailler ne sert

plus à rien et, il n'y a pas si longtemps, on pouvait encore constater dans certaines fermes (nous en avons été témoin) que l'on traitait fort mal les vieillards et que même, sous prétexte d'abréger leurs souffrances, on n'hésitait pas à accélérer leur passage de vie à trépas. Maupassant a souvent évoqué la cruauté du monde rural (ainsi dans *Le Vieux*), une cruauté qui est moins le fait des individus que la conséquence de leur arriération sociale et culturelle, de leur pauvreté (Honoré ne peut pas prendre le risque de perdre sa récolte, veiller les agonisants au meilleur prix est sans doute, avec le blanchissage, la seule ressource de la mère Rapet) et dans *Le Diable* il a atténué la barbarie de la situation en donnant au récit le ton d'une grosse farce paysanne, celui que l'on retrouvera dans *Le Testament du père Leleu* de Roger Martin du Gard.

LES ROIS

Page 151.

Publié dans *Le Gaulois* du 23 janvier 1887 (peu après la parution de *Mont-Oriol*), *Les Rois* est le dernier des contes inspirés à Maupassant par la guerre de 1870. Les années ayant peut-être émoussé la haine de l'envahisseur, ce sont les militaires français qui sont ici les pillards et se conduisent avec la désinvolture de leurs confrères prussiens dans *Mademoiselle Fifi*. Ils dévalisent la cave et la basse-cour, fument les cigares du propriétaire, démolissent une voiture pour faire du feu, etc. La plaisanterie imaginée par le curé, qui n'est sans doute pas fâché de jouer un bon tour au « comte de Garens », est d'un goût assez douteux et, si elle se termine tragiquement, il n'y a pas, entre la scène du festin et la mort du vieux berger, ce rapport de nécessité qui fait le prix de la plupart des récits de Maupassant. Le caractère surajouté du dénouement laisse un peu oublier la qualité du portrait des infirmes de l'hospice, qui est de la bonne manière noire de Maupassant et le principal intérêt du conte est de montrer à quel point peut être insupportable un certain type de Français titré, galant homme, coureur de jupons et toujours prêt à « rire sur l'échafaud ».

AU BOIS

Page 172.

Paru dans *Gil Blas* du 22 juin 1886, *Au bois* est une histoire de canotiers à la retraite, de petits bourgeois qui, surtout du fait de la femme, découvrent à soixante ans le plaisir de faire l'amour en plein air, « sous les feuilles ». À ce flagrant délit, à ce fait divers courtelinesque, la « plaidoirie » de l'épouse donne une touchante et toute gentille chaleur humaine. « Ça ne vieillit pas, le cœur des femmes ! » et Maupassant semble avoir pour une fois admis que les « cloportes » eux aussi avaient un cœur et que la sensualité n'était pas un problème de classe sociale.

UNE FAMILLE

Page 181.

Publié dans *Gil Blas* le 3 août 1886, *Une famille*, après l'émotion charmante, un peu populiste de *Au bois*, nous ramène brutalement au plus bas de l'espèce, dans le monde des « cloportes », lesquels n'ont même pas ici l'excuse du travail mécanique, épuisant, dégradant auquel condamne la pauvreté. Le charmant ami de jeunesse du narrateur est devenu « un gros, un très gros homme, aux joues rouges, au ventre rebondi » qui n'a d'autre souci en tête que « la bonne vie » : « La bonne vie ! la bonne table ! les bonnes nuits ! Manger et dormir, voilà mon existence ! » Sa femme est une « grosse dame à falbalas et à frisons... une mère, une grosse mère banale, la pondeuse, la poulinière humaine, la machine de chair qui procrée sans autre préoccupation dans l'âme que ses enfants et son livre de cuisine ». Lesdits enfants sont sans doute si nuls qu'ils n'ont même pas droit à un portrait et la seule distraction de la famille est de martyriser, « supplice odieux et grotesque », un pauvre grand-père gâteux que l'on prive de son dessert préféré. Maupassant tenait le mariage pour la pire des calamités et il a rarement aussi bien décrit l'affaissement, l'abrutissement provoqués par la vie familiale, les trop bons repas, les effrayants bons repas du siècle dernier, par le néant aussi de la vie provinciale et l'oisiveté mortelle, mère de tous les naufrages, qui est le sort commun de tous les rentiers. On pense à Proudhon s'écriant à propos des *Baigneuses* de Courbet : « La voilà bien cette bourgeoisie charnue et cossue, déformée par la paresse et le luxe... et prédestinée à mourir de poltronnerie, quand ce n'est pas de gras fondu. La voilà telle que son égoïsme, sa sottise et sa cuisine nous la font. »

JOSEPH

Page 190.

Publié dans *Gil Blas* le 21 juillet 1885, *Joseph* a été sans doute *in extremis* introduit dans *Le Horla* pour détendre l'atmosphère d'un recueil qui commence par un des récits les plus sombres qu'ait écrits Maupassant et se termine par deux nouvelles qui ne sont pas précisément optimistes et rassurantes. *Joseph* expose un problème historiquement capital, bien qu'aujourd'hui un peu dépassé (on n'est plus servi) : celui du rapport sexuel entre le maître et l'esclave. Depuis que le monde est monde, depuis Rome et Byzance et bien que Proust, qui était orfèvre en la matière, se soit montré d'une remarquable discrétion sur ce point, il paraît évident que le cas n'est pas isolé de femmes du monde entretenant des relations intimes avec leurs domestiques : c'est ce que l'on peut soupçonner de l'Arsinoé de Molière, c'est ce que disent les héroïnes de Sade (et certaines pages de Saint-Simon). Les hommes n'étaient d'ailleurs pas en reste, qu'il s'agisse du valet de chambre ou, dans une perspective plus classique, de la petite bonne rituellement culbutée à l'étage des mansardes par le collégien boutonneux ou le quadragénaire un peu trop sanguin. On se reportera sur ce point à Octave Mirbeau et au *Journal d'une femme de chambre* qui fait parfaitement le point sur la question.

Comme l'a bien vu Maupassant, le problème a connu une dimension nouvelle, qui dépasse largement la catégorie des domestiques, depuis que s'est répandu l'usage des vacances. Les vacances entraînent l'absence fréquente des maris et, à la faveur de « la rapide familiarité qui naît dans le désœuvrement des villes d'eaux », l'apparition d'une nouvelle série de tentations et de tentateurs : le gigolo genre Colette, le maître-nageur, le professeur de tennis ou de tango, « les rôdeurs galants des stations à la mode ». Auxquels se sont récemment ajoutées deux catégories particulièrement redoutables : celle du moniteur de ski et celle du thalassothérapeute. On trouve d'ailleurs aussi (ou on trouvait) dans les villes d'eaux et les stations balnéaires des hommes « discrets, riches et généreux », qui ne demandent qu'à être « amorcés » par une jolie femme, telle cette « petite » baronne de Fraisières, dont Maupassant a tracé une silhouette digne des meilleurs romans libertins du XVIIIe siècle. Reste le cas limite : celui de l'épouse bouclée dans un trou de campagne par un mari particulièrement méfiant. La seule solution est alors le valet de chambre ou le fils du fermier, « un beau gars de vingt-deux ans, qui avait étudié pour être prêtre, puis quitté le séminaire par dégoût », et que notre Messaline n'aura aucune peine à déniaiser en le priant d'assister à sa toilette et en lui donnant à lire « quelques livres... poétiques... de ceux qui troublent les âmes... des pensionnaires et des collégiens... » et avec lesquels elle constitue une « bibliothèque de campagne ».

L'AUBERGE

Page 202.

Publié le 1er septembre 1886 dans une revue nouvelle, *Les Lettres et les arts*, ce conte cruel est lié au souvenir du séjour qu'avait fait Maupassant en août 1877 dans la petite station thermale de Loëche, séjour qui lui donna l'occasion de découvrir la beauté des Alpes du Valais et qu'il a égale-

ment évoqué dans une chronique, « Aux eaux », parue dans
Le Gaulois du 24 juillet 1883.

LE VAGABOND

Page 225.

Paru dans *La Nouvelle Revue* de Juliette Adam le
1er janvier 1887, *Le Vagabond* est l'une des plus « sociales »
des nouvelles de Maupassant et Louis Forestier rappelle à
son propos que la France connaissait depuis 1881 une assez
grave crise économique, qui se traduisit par des mouvements de grève (celle en particulier des mineurs de Decazeville de janvier à juin 1886), et que Zola avait publié *Germinal* en 1885. Le personnage du vagabond ne peut cependant
être confondu avec celui de l'ouvrier des villes victime des
bas salaires et du chômage industriel : il s'agit là d'un
milieu et de problèmes familiers à Zola et à quelques autres
romanciers de l'époque mais qui semblent avoir été tout à
fait étrangers à Maupassant. Son vagabond est un charpentier de village, il appartient au milieu rural, il va d'un lieu à
l'autre chercher du travail et du pain (ce qui n'est pas le cas
des ouvriers, à l'époque déjà beaucoup plus stables et struc-
turés) et fait bien davantage penser au type traditionnel du
chemineau qui apparaît dans la sous-littérature romantique
avant de devenir en 1897 le héros d'un drame célèbre de
Richepin et que la peinture « réaliste » a plusieurs fois illus-
tré ; même si le vagabond de Maupassant n'est pas encore
un mendiant, on peut penser, à son propos, à *L'Aumône du
mendiant* de Courbet (aujourd'hui au musée de Glasgow),
au *Mendiant* de Bastien-Lepage (collection particulière pari-
sienne), aux chiffonniers de Raffaelli, à tant de toiles dont
on trouvera la reproduction dans l'excellent catalogue de
l'exposition, *The Realist Tradition*, présentée en 1980 par
Gabriel Weisberg au musée de Cleveland. Ce qui appartient
en propre au personnage de Maupassant, c'est sa dignité, sa
force juvénile intacte, une sorte de grandeur épique qui nous
l'a fait comparer dans notre préface aux paysans de Millet

et l'on peut remarquer que Maupassant aborde le problème de la pauvreté (et de la prison) sans aucune des précautions de sentimentalité hypocrite qui sont si fréquentes chez ses contemporains.

LE HORLA

[Première version]

Le docteur Marrande, le plus illustre et le plus éminent des aliénistes, avait prié trois de ses confrères et quatre savants, s'occupant de sciences naturelles, de venir passer une heure chez lui, dans la maison de santé qu'il dirigeait, pour leur montrer un de ses malades.

Aussitôt que ses amis furent réunis, il leur dit : « Je vais vous soumettre le cas le plus bizarre et le plus inquiétant que j'aie jamais rencontré. D'ailleurs je n'ai rien à vous dire de mon client. Il parlera lui-même. » Le docteur alors sonna. Un domestique fit entrer un homme. Il était fort maigre, d'une maigreur de cadavre, comme sont maigres certains fous que ronge une pensée, car la pensée malade dévore la chair du corps plus que la fièvre ou la phtisie.

Ayant salué et s'étant assis, il dit :

*

Messieurs, je sais pourquoi on vous a réunis ici et je suis prêt à vous raconter mon histoire, comme m'en a prié mon ami le docteur Marrande. Pendant longtemps il m'a cru fou. Aujourd'hui il doute. Dans quelque temps, vous saurez tous que j'ai l'esprit aussi sain, aussi lucide, aussi clairvoyant que les vôtres, malheureusement pour moi, et pour vous, et pour l'humanité tout entière.

Mais je veux commencer par les faits eux-mêmes, par les faits tout simples. Les voici :

J'ai quarante-deux ans. Je ne suis pas marié, ma fortune est suffisante pour vivre avec un certain luxe. Donc j'habitais une propriété sur les bords de la Seine, à Biessard, auprès de Rouen. J'aime la chasse et la pêche. Or j'avais derrière moi, au-dessus des grands rochers qui dominaient ma maison, une des plus belles forêts de France, celle de Roumare, et devant moi un des plus beaux fleuves du monde.

Ma demeure est vaste, peinte en blanc à l'extérieur, jolie, ancienne, au milieu d'un grand jardin planté d'arbres magnifiques et qui monte jusqu'à la forêt, en escaladant les énormes rochers dont je vous parlais tout à l'heure.

Mon personnel se compose, ou plutôt se composait d'un cocher, un jardinier, un valet de chambre, une cuisinière et une lingère qui était en même temps une espèce de femme de charge. Tout ce monde habitait chez moi depuis dix à seize ans, me connaissait, connaissait ma demeure, le pays, tout l'entourage de ma vie. C'étaient de bons et tranquilles serviteurs. Cela importe pour ce que je vais dire.

J'ajoute que la Seine, qui longe mon jardin, est navigable jusqu'à Rouen, comme vous le savez sans doute ; et que je voyais passer chaque jour de grands navires soit à voile, soit à vapeur, venant de tous les coins du monde.

Donc, il y a eu un an à l'automne dernier, je fus pris tout à coup de malaises bizarres et inexplicables. Ce fut d'abord une sorte d'inquiétude nerveuse qui me tenait en éveil des nuits entières, une telle surexcitation que le moindre bruit me faisait tressaillir. Mon humeur s'aigrit. J'avais des colères subites inexplicables. J'appelai un médecin qui m'ordonna du bromure de potassium et des douches.

Je me fis donc doucher matin et soir, et je me mis à boire du bromure. Bientôt, en effet, je recommençai à dormir, mais d'un sommeil plus affreux que l'insomnie. À peine couché, je fermais les yeux et je m'anéantissais. Oui, je tombais dans le néant, dans un néant absolu, dans une mort de l'être entier dont j'étais tiré brusquement, horriblement par l'épouvantable sensation d'un poids écrasant sur ma poitrine, et d'une bouche qui mangeait ma vie, sur ma bouche. Oh ! ces secousses-là ! je ne sais rien de plus épouvantable.

Figurez-vous un homme qui dort, qu'on assassine, et qui se réveille avec un couteau dans la gorge ; et qui râle couvert de sang, et qui ne peut plus respirer, et qui va mourir, et qui ne comprend pas — voilà !

Je maigrissais d'une façon inquiétante, continue ; et je m'aperçus soudain que mon cocher, qui était fort gros, commençait à maigrir comme moi.

Je lui demandai enfin :

« Qu'avez-vous donc, Jean ? Vous êtes malade. »

Il répondit :

« Je crois bien que j'ai gagné la même maladie que monsieur. C'est mes nuits qui perdent mes jours. »

Je pensai donc qu'il y avait dans la maison une influence fiévreuse due au voisinage du fleuve et j'allais m'en aller pour deux ou trois mois, bien que nous fussions en pleine saison de chasse, quand un petit fait très bizarre, observé par hasard, amena pour moi une telle suite de découvertes invraisemblables, fantastiques, effrayantes, que je restai.

Ayant soif un soir, je bus un demi-verre d'eau et je remarquai que ma carafe, posée sur la commode en face de mon lit, était pleine jusqu'au bouchon de cristal.

J'eus, pendant la nuit, un de ces réveils affreux dont je viens de vous parler. J'allumai ma bougie, en proie à une épouvantable angoisse, et, comme je voulus boire de nouveau, je m'aperçus avec stupeur que ma carafe était vide. Je n'en pouvais croire mes yeux. Ou bien on était entré dans ma chambre, ou bien j'étais somnambule.

Le soir suivant, je voulus faire la même épreuve. Je fermai donc ma porte à clef pour être certain que personne ne pourrait pénétrer chez moi. Je m'endormis et je me réveillai comme chaque nuit. *On* avait bu toute l'eau que j'avais vue deux heures plus tôt.

Qui avait bu cette eau ? Moi, sans doute, et pourtant je me croyais sûr, absolument sûr, de n'avoir pas fait un mouvement dans mon sommeil profond et douloureux.

Alors j'eus recours à des ruses pour me convaincre que je n'accomplissais point ces actes inconscients. Je plaçai un soir, à côté de la carafe, une bouteille de vieux bordeaux, une tasse de lait dont j'ai horreur, et des gâteaux au chocolat que j'adore.

Le vin et les gâteaux demeurèrent intacts. Le lait et l'eau disparurent. Alors, chaque jour, je changeai les boissons et les nourritures. Jamais *on* ne toucha aux choses solides, compactes, et *on* ne but, en fait de liquide, que du laitage frais et de l'eau surtout.

Mais ce doute poignant restait dans mon âme. N'était-ce pas moi qui me levais sans en avoir conscience, et qui buvais même les choses détestées, car mes sens engourdis par le sommeil somnambulique pouvaient être modifiés, avoir perdu leurs répugnances ordinaires et acquis des goûts différents.

Je me servis alors d'une ruse nouvelle contre moi-même. J'enveloppai tous les objets auxquels il fallait infailliblement toucher avec des bandelettes de mousseline blanche et je les recouvris encore avec une serviette de batiste.

Puis, au moment de me mettre au lit, je me barbouillai les mains, les lèvres et les moustaches avec de la mine de plomb.

À mon réveil, tous les objets étaient demeurés immaculés bien qu'on y eût touché, car la serviette n'était point posée comme je l'avais mise ; et, de plus, on avait bu de l'eau et du lait. Or ma porte fermée avec une clef de sûreté et mes volets cadenassés par prudence n'avaient pu laisser pénétrer personne.

Alors, je me posai cette redoutable question : Qui donc était là, toutes les nuits, près de moi ?

Je sens, messieurs, que je vous raconte cela trop vite. Vous souriez, votre opinion est déjà faite : « C'est un fou. » J'aurais dû vous décrire longuement cette émotion d'un homme qui, enfermé chez lui, l'esprit sain, regarde, à travers le verre d'une carafe, un peu d'eau disparue pendant qu'il a dormi. J'aurais dû vous faire comprendre cette torture renouvelée chaque soir et chaque matin, et cet invincible sommeil, et ces réveils plus épouvantables encore.

Mais je continue.

Tout à coup, le miracle cessa. *On* ne touchait plus à rien

dans ma chambre. C'était fini. J'allais mieux, d'ailleurs. La gaieté me revenait, quand j'appris qu'un de mes voisins, M. Legite, se trouvait exactement dans l'état où j'avais été moi-même. Je crus de nouveau à une influence fiévreuse dans le pays. Mon cocher m'avait quitté depuis un mois, fort malade.

L'hiver était passé, le printemps commençait. Or, un matin, comme je me promenais près de mon parterre de rosiers, je vis, je vis distinctement, tout près de moi, la tige d'une des plus belles roses se casser comme si une main invisible l'eût cueillie ; puis la fleur suivit la courbe qu'aurait décrite un bras en la portant vers une bouche, et resta suspendue dans l'air transparent, toute seule, immobile, effrayante, à trois pas de mes yeux.

Saisi d'une épouvante folle, je me jetai sur elle pour la saisir. Je ne trouvai rien. Elle avait disparu. Alors, je fus pris d'une colère furieuse contre moi-même. Il n'est pas permis à un homme raisonnable et sérieux d'avoir de pareilles hallucinations !

Mais était-ce bien une hallucination ? Je cherchai la tige. Je la retrouvai immédiatement sur l'arbuste, fraîchement cassée, entre deux autres roses demeurées sur la branche ; car elles étaient trois que j'avais vues parfaitement.

Alors je rentrai chez moi, l'âme bouleversée. Messieurs, écoutez-moi, je suis calme ; je ne croyais pas au surnaturel, je n'y crois pas même aujourd'hui ; mais, à partir de ce moment-là, je fus certain, certain comme du jour et de la nuit, qu'il existait près de moi un être invisible qui m'avait hanté, puis m'avait quitté, et qui revenait.

Un peu plus tard j'en eus la preuve.

Entre mes domestiques d'abord éclataient tous les jours des querelles furieuses pour mille causes futiles en apparence, mais pleines de sens pour moi désormais.

Un verre, un beau verre de Venise se brisa tout seul, sur le dressoir de ma salle à manger, en plein jour.

Le valet de chambre accusa la cuisinière, qui accusa la lingère, qui accusa je ne sais qui.

Des portes fermées le soir étaient ouvertes le matin. On volait du lait, chaque nuit, dans l'office. — Ah !

Quel était-il ? De quelle nature ? Une curiosité énervée, mêlée de colère et d'épouvante, me tenait jour et nuit dans un état d'extrême agitation.

Mais la maison redevint calme encore une fois ; et je croyais de nouveau à des rêves quand se passa la chose suivante :

C'était le 20 juillet, à neuf heures du soir. Il faisait fort chaud ; j'avais laissé ma fenêtre toute grande, ma lampe allumée sur ma table, éclairant un volume de Musset ouvert à la *Nuit de Mai* ; et je m'étais étendu dans un grand fauteuil où je m'endormis.

Or, ayant dormi environ quarante minutes, je rouvris les yeux, sans faire un mouvement, réveillé par je ne sais quelle émotion confuse et bizarre. Je ne vis rien d'abord, puis tout à coup il me sembla qu'une page du livre venait de tourner toute seule. Aucun souffle d'air n'était entré par la fenêtre. Je fus surpris ; et j'attendis. Au bout de quatre minutes environ, je vis, je vis, oui, je vis, messieurs, de mes yeux, une autre page se soulever et se rabattre sur la précédente comme si un doigt l'eût feuilletée. Mon fauteuil semblait vide, mais je compris qu'il était là, *lui !* Je traversai ma chambre d'un bond pour le prendre, pour le toucher, pour le saisir, si cela se pouvait... Mais mon siège, avant que je l'eusse atteint, se renversa comme si on eût fui devant moi ; ma lampe aussi tomba et s'éteignit, le verre brisé ; et ma fenêtre brusquement poussée comme si un malfaiteur l'eût saisie en se sauvant alla frapper sur son arrêt... Ah !

Je me jetai sur la sonnette et j'appelai. Quand mon valet de chambre parut, je lui dis :

« J'ai tout renversé et tout brisé. Donnez-moi de la lumière. »

Je ne dormis plus cette nuit-là. Et cependant j'avais pu encore être le jouet d'une illusion. Au réveil les sens demeurent troubles. N'était-ce pas moi qui avais jeté bas mon fauteuil et ma lumière en me précipitant comme un fou ?

Non, ce n'était pas moi ! je le savais à n'en point douter une seconde. Et cependant je le voulais croire.

Attendez. L'Être ! Comment le nommerai-je ? L'Invisible. Non, cela ne suffit pas. Je l'ai baptisé le Horla. Pourquoi ? Je ne sais point. Donc le Horla ne me quittait plus guère. J'avais jour et nuit la sensation, la certitude de la présence de cet insaisissable voisin, et la certitude aussi qu'il prenait ma vie, heure par heure, minute par minute.

L'impossibilité de le voir m'exaspérait et j'allumais toutes les lumières de mon appartement, comme si j'eusse pu, dans cette clarté, le découvrir.

Je le vis, enfin.

Vous ne me croyez pas. Je l'ai vu cependant.

J'étais assis devant un livre quelconque, ne lisant pas, mais guettant, avec tous mes organes surexcités, guettant celui que je sentais près de moi. Certes, il était là. Mais où ? Que faisait-il ? Comment l'atteindre ?

En face de moi mon lit, un vieux lit de chêne à colonnes. À droite ma cheminée. À gauche ma porte que j'avais fermée avec soin. Derrière moi une très grande armoire à glace qui me servait chaque jour pour me raser, pour m'habiller, où j'avais coutume de me regarder de la tête aux pieds chaque fois que je passais devant.

Donc je faisais semblant de lire, pour le tromper, car il m'épiait lui aussi ; et soudain je sentis, je fus certain qu'il lisait par-dessus mon épaule, qu'il était là, frôlant mon oreille.

Je me dressai, en me tournant si vite que je faillis tomber. Eh bien !... On y voyait comme en plein jour... et je ne me vis pas dans ma glace ! Elle était vide, claire, pleine de lumière. Mon image n'était pas dedans... Et j'étais en face... Je voyais le grand verre, limpide du haut en bas ! Et je regardais cela avec des yeux affolés, et je n'osais plus avancer, sentant bien qu'il se trouvait entre nous, lui, et qu'il m'échapperait encore, mais que son corps imperceptible avait absorbé mon reflet.

Comme j'eus peur ! Puis voilà que tout à coup je commençai à m'apercevoir dans une brume au fond du miroir, dans une brume comme à travers une nappe d'eau ; et il me semblait que cette eau glissait de gauche à droite, lentement, rendant plus précise mon image de seconde en seconde. C'était comme la fin d'une éclipse. Ce qui me cachait ne paraissait point posséder de contours nettement arrêtés, mais une sorte de transparence opaque s'éclaircissant peu à peu.

Je pus enfin me distinguer complètement ainsi que je fais chaque jour en me regardant.

Je l'avais vu. L'épouvante m'en est restée qui me fait encore frissonner.

Le lendemain j'étais ici, où je priai qu'on me gardât.

Maintenant, messieurs, je conclus.

Le docteur Marrande, après avoir longtemps douté, se décida à faire, seul, un voyage dans mon pays.

Trois de mes voisins, à présent, sont atteints comme je l'étais. Est-ce vrai ?

Le médecin répondit : « C'est vrai ! »

Vous leur avez conseillé de laisser de l'eau et du lait chaque nuit dans leur chambre pour voir si ces liquides disparaîtraient. Ils l'ont fait. Ces liquides ont-ils disparu comme chez moi ?

Le médecin répondit avec une gravité solennelle : « Ils ont disparu. »

Donc, messieurs, un Être, un Être nouveau, qui sans doute se multipliera bientôt comme nous nous sommes multipliés, vient d'apparaître sur la terre.

Ah ! vous souriez ! Pourquoi ? parce que cet Être demeure invisible. Mais notre œil, messieurs, est un organe tellement élémentaire qu'il peut distinguer à peine ce qui est indispensable à notre existence. Ce qui est trop petit lui échappe, ce qui est trop grand lui échappe, ce qui est trop loin lui échappe. Il ignore les milliards de petites bêtes qui vivent dans une goutte d'eau. Il ignore les habitants, les plantes et le sol des étoiles voisines ; il ne voit pas même le transparent.

Placez devant lui une glace sans tain parfaite, il ne la distinguera pas et nous jettera dessus, comme l'oiseau pris dans une maison qui se casse la tête aux vitres. Donc, il ne voit pas les corps solides et transparents qui existent pourtant ; il ne voit pas l'air dont nous nous nourrissons, ne voit pas le vent qui est la plus grande force de la nature, qui renverse les hommes, abat les édifices, déracine les arbres, soulève la mer en montagnes d'eau qui font crouler les falaises de granit.

Quoi d'étonnant à ce qu'il ne voie pas un corps nouveau, à qui manque sans doute la seule propriété d'arrêter les rayons lumineux.

Apercevez-vous l'électricité ? Et cependant elle existe !

Cet être, que j'ai nommé le Horla, existe aussi.

Qui est-ce ? Messieurs, c'est celui que la terre attend, après l'homme ! Celui qui vient nous détrôner, nous asservir, nous dompter, et se nourrir de nous peut-être, comme nous nous nourrissons des bœufs et des sangliers.

Depuis des siècles, on le pressent, on le redoute et on l'annonce ! La peur de l'Invisible a toujours hanté nos pères.

Il est venu.

Toutes les légendes des fées, des gnomes, des rôdeurs de l'air insaisissables et malfaisants, c'était de lui qu'elles parlaient, de lui pressenti par l'homme inquiet et tremblant déjà.

Et tout ce que vous faites vous-mêmes, messieurs, depuis quelques ans, ce que vous appelez l'hypnotisme, la suggestion, le magnétisme — c'est lui que vous annoncez, que vous prophétisez !

Je vous dis qu'il est venu. Il rôde inquiet lui-même comme les premiers hommes, ignorant encore sa force et sa puissance qu'il connaîtra bientôt, trop tôt.

Et voici, messieurs, pour finir un fragment de journal qui m'est tombé sous la main et qui vient de Rio de Janeiro. Je lis : « Une sorte d'épidémie de folie semble sévir depuis quelque temps dans la province de San-Paulo. Les habitants de plusieurs villages se sont sauvés abandonnant leurs terres et leurs maisons et se prétendant poursuivis et mangés par des vampires invisibles qui se nourrissent de leur souffle pendant leur sommeil et qui ne boiraient, en outre, que de l'eau, et quelquefois du lait ! »

J'ajoute : « Quelques jours avant la première atteinte du mal dont j'ai failli mourir, je me rappelle parfaitement avoir vu passer un grand trois-mâts brésilien avec son pavillon déployé... Je vous ai dit que ma maison est au bord de l'eau... toute blanche... Il était caché sur ce bateau sans doute... »

Je n'ai plus rien à ajouter, messieurs.

*

Le docteur Marrande se leva et murmura :

« Moi non plus. Je ne sais si cet homme est fou ou si nous le sommes tous les deux..., ou si... si notre successeur est réellement arrivé. »

BIBLIOGRAPHIE

I. Œuvres de Maupassant

Contes et nouvelles, édition de Louis Forestier, Gallimard, Bibliothèque de la Pléiade, 1974 et 1979, 2 vol.
Romans, édition de Louis Forestier, Gallimard, Bibliothèque de la Pléiade, 1987.
Chroniques, 10/18, 1980, 3 vol.
Correspondance, édition de Jacques Suffel, Le Cercle du Bibliophile, Évreux, 1973, 3 vol.
Le Horla et autres contes cruels et fantastiques, édition de Marie-Claire Bancquart, Garnier, 1976.

II. Principales études

Artinian (Artine), *Pour et contre Maupassant*, Nizet, 1955.
Bourget (Paul), *Études et portraits*, III, Plon, 1906 ; *Nouvelles pages de critique et de doctrine*, I, Plon, 1922.
Castella (Charles), *Structures romanesques et vision sociale chez G. de Maupassant*, L'Âge d'homme, Lausanne, 1972.
Cogny (Pierre), *Maupassant l'homme sans dieu*, La Renaissance du livre, Bruxelles, 1968.
Dumesnil (René), *Guy de Maupassant*, Taillandier, 1947.

Gervex, *Souvenirs*, Flammarion, 1924.

Lanoux (Armand), *Maupassant le Bel-Ami*, Fayard, 1967.

Lumbroso (Albert), *Souvenirs sur Maupassant*, Bocca, Rome, 1905.

Maynial (Édouard), *La Vie et l'œuvre de Guy de Maupassant*, Mercure de France, 1906.

Morand (Paul), *Vie de Guy de Maupassant*, Flammarion, 1942.

Savinio (Alberto), *Maupassant et « l'Autre »*, trad. fr., Gallimard, 1977.

Schmidt (Albert-Marie), *Maupassant par lui-même*, Le Seuil, 1962.

Tassart (François), *Souvenirs sur Guy de Maupassant par François son valet de chambre*, Plon, 1911 ; *Nouveaux souvenirs intimes sur Guy de Maupassant*, présentation de Pierre Cogny, Nizet, 1962.

Vial (André), *Guy de Maupassant et l'art du roman*, Nizet, 1954 ; *Faits et significations* (contient plusieurs articles sur Maupassant), Nizet, 1973.

Numéros spéciaux de la revue *Europe*, juin 1969 et août-septembre 1993, consacrés à Maupassant.

III. Maupassant et le fantastique

Azam (Dr. Eugène), *Hypnotisme, double conscience et altération de la personnalité*, avec une préface de J.-M. Charcot, Baillière et fils, 1887.

Bancquart (Marie-Claire), *Maupassant conteur fantastique*, Archives des lettres modernes, Minard, 1976.

Castex (P.-G.), *Le Conte fantastique en France de Nodier à Maupassant*, Corti, 1951 et 1971.

Charcot (J.-M.), *Leçons sur les maladies du système nerveux*, A. Delahaye, 1885.

Charcot (J.-M.), *L'Hystérie*, textes choisis et présentés par E. Trillat, Privat, 1971.

Cogny (Pierre), *Le Maupassant du Horla*, Lettres modernes, Minard, 1970.

Cogny (Pierre), « Dix-neuf lettres inédites de Guy de Mau-
    passant au docteur Grancher », R.H.L.F., mars-avril 1974.
Ropars-Wuilleumier (Marie-Claire), « La Lettre brûlée
    (écriture et folie dans *Le Horla*) », Colloque de Cerisy, *Le
    Naturalisme*, 10/18, 1978.
Sagnes (Guy), *L'Ennui dans la littérature française, de
    Flaubert à Laforgue*, Armand Colin, 1969.

DOSSIER

DU MÊME AUTEUR

Dans la même collection

YVETTE. *Édition présentée et établie par Louis Forestier.*

CLAIR DE LUNE. *Édition présentée et établie par Marie-Claire Bancquart.*

LA MAIN GAUCHE. *Édition présentée et établie par Marie-Claire Bancquart.*

LES SŒURS RONDOLI. *Édition présentée et établie par Marie-Claire Bancquart.*

LE PÈRE MILON. *Édition présentée et établie par Marie-Claire Bancquart.*

LE COLPORTEUR. Édition présentée et établie par Marie-Claire Bancquart.

Impression Maury-Imprimeur
à Malesherbes, le 26 juin 2013
Dépôt légal : juin 2013
1er dépôt légal dans la collection : avril 1999.
N° d'imprimeur : 183276.
ISBN 978-2-07-040925-9 / Imprimé en France.